Causa Celebre del Desierto de los Leones

La novela del cacicazgo de Coyoacán

Causa Celebre del Desierto de los Leones

La novela del cacicazgo de Coyoacán

Carlos Elías Butrón

Prefacio

Conocí esta historia no de manera casual, sino realizando una investigación acerca de lo que sucedió durante la conquista después de consumada ella. Me interesé en los personajes que hicieron alianza con Hernán Cortes, de los que poco se dice en los libros de historia, tales como Ixtlixóchitl el joven, Maxixcatzin y su hijo don Lorenzo, y por supuesto por Ixtolinque, el que al tomar el bautismo fue llamado como Juan Ixtolinque Guzmán, y que antes de la llegada de los conquistadores era el señor Tepaneca de Coyoacán, el que estaba sometido al Imperio de la Triple Alianza.

Ixtolinque buscó la alianza con los españoles, a los que según las cedulas de los reyes peninsulares que tuve en mis manos, le salvó cuando menos dos veces la vida al propio Cortés, y las cedulas referidas dan constancia de los grandes servicios que prestó ese personaje a los españoles para lograr la caída de Tenochtitlán.

Hernán Cortés, le prometió reconocerle el señorío de Coyoacán tal y como lo había tenido Ixtolinque desde tiempos de su gentilidad, y el conquistador cumplió su promesa, y se consiguió el reconocimiento respectivo por parte del rey Carlos I de España y de su madre la reina, doña Juana de Zaragoza.

En realidad las tierras de Coyoacán eran parte del enorme marquesado de Cortés incluidas en el llamado Marquesado del Valle de Oaxaca, pero el reconocimiento fue en propiedad al indígena Ixtolinque, pero quedando como vasallo de Cortés dentro de los 23000 indios que le otorgó el rey don Carlos al conquistador, como tales.

Ixtolinque fue reconocido en su nobleza ya peninsular como cacique de Coyoacán, otorgándosele el título nobiliario respectivo, y pudiendo utilizar el escudo de armas otorgado y el apelativo de don.

Para muchos, don Juan cacique sería un traidor, pero se deben analizar las circunstancias de su tiempo como vasallo de los mexica, lo que no justificamos, pero nos permite entenderlo. Don Juan cacique tuvo nobleza, ya que siendo las tierras reconocidas como de su propiedad, reconoció como comunales grandes extensiones a sus propios aliados, en propiedad mediante donaciones que constan en los llamados códices Techialoyan, de los que aún se conservan cuando menos el códice Cuajimalpa, el llamado códice de San Nicolás Totolapan, que se refiere en realidad al pueblo de Totolapan, que estaba precisamente ubicado en la época prehispánica en esas tierras dentro del señorío Tepaneca de Coyoacán, y el lienzo de San Bernabé Ocotepec.

Mientras vivieron Cortés y don Juan cacique, las tierras propias, y las donadas a sus pueblos aliados fueron respetadas, pero no aconteció lo mismo a su muerte, ya que la voracidad de los españoles y religiosos se aprovecharon con fraudes y engaños de los herederos de don Juan cacique. En las tierras del señorío de Coyoacán, se crearon ilícitamente haciendas, ranchos, molinos, y batanes, los que dieron origen a múltiples litigios, durando algunos siglos, y nunca se resolvieron en definitiva.

Soy abogado de profesión y durante mi vida profesional llevé algunos litigios relacionados con las tierras de Coyoacán, de los viejos ranchos y haciendas por lo que conocí pormenorizadamente los antecedentes de propiedad por investigaciones que realicé inclusive en el archivo General de la Nación, y asesoré a lagunas comunidades autóctonas y siendo mi idea ser escritor, decidí publicar está novela que a veces toma caris de ensayo, pero lo que relato son historias de la realidad, no mera ficción.

He tenido en mis manos los expedientes de esos litigios, tanto los iniciados por comunidades indígenas así como el de las tierras del Desierto de los Leones a que se refiere esta novela, los que se encuentran en el Archivo de la Nación.

Localicé la Cedula Real firmada por el rey Carlos III, en la que da constancia de las demás cedulas emitidas por los reyes, acerca del Señorío de Coyoacán, donde consta la reposición de ellas traídas de España por el personaje de esta novela.

Tiempo después, eso si por casualidad, cayó en mis manos un libro escrito por don Juan n. Carabeo, y por don Ponciano Arriaga. En realidad el libro es una petición rogatoria de justicia que le realizaron ambos abogados al en ese entonces presidente de México, don Ignacio Comonfort, donde constan tanto las cedulas referidas, así como las aventuras del descendiente de don Juan cacique. Ese libro salió publicado con el título, de La Causa Celebre mismo que utilicé en esta novela, la que aclaro no es una copia de la rogatoria de esos ilustres abogados.

Continúe mis investigaciones acerca del Señorío Tepaneca de Coyoacán y así conocí la causa celebre que es parte de esta novela, la que espero al lector le agrade y al investigador le sirva cuando menos de guía para relatar algún día la historia de Coyoacán.

El autor.

Primera parte

Capítulo 1

Ixtolinque noble Español

Don Juan Ixtolinque Guzmán reconocido como gobernador de la Villa que hoy llaman los españoles Coyoacán sabe que sus días en este mundo están contados, está viejo y cansado de tanto haber batallado para lograr lo que ahora considera nada, porque en verdad nada logró. Ahora en la soledad que tienen los viejos ha tenido mucho tiempo para meditar sobre lo que fue su singular vida, sabe que es de los pocos auténticamente indígenas que ha formado parte de dos mundos, de aquel mundo completamente autóctono de aborígenes y del español que trajo la invasión española a Mesoamérica. Como fuera fue parte de aquel Gran Tlatoanato hoy desaparecido con la victoria del que hasta su muerte llamó el gran capitán don Hernando Cortés y también ha formado parte del mundo colonial de la que hoy llaman la Nueva España, nombre que le dio el capitán conquistador a estas tierras que según pensó el español había logrado para la grandeza de la Corona Española.

En esa soledad senil ha tenido mucho tiempo para meditar acerca de lo que en realidad sucedió en aquellos álgidos tiempos en que fue uno de los verdaderos artífices del colapso de la Triple alianza que instituyo ese Gran Tlatoanato que dominó casi todo Mesoamérica, ya que solo faltó conquistar a los tarascos y tlaxcaltecas en aquel mundo indiano ahora desaparecido para dar paso a un mundo todavía para él ininteligible.

Sonríe Ixtolinque, porque a pesar de que ya casi la mitad de su vida la ha pasado en la Colonia Española no alcanza a comprender la mentalidad de los europeos que ahora dominan lo que fue el imperio que dicen fue de Xocoyotzin, algo un tanto lejano a la realidad que él vivió en sus años de juventud. El viejo bien sabe que siquiera fueron puntuales los informes que el gran capitán rindió al sacro emperador como muchos llamaron al rey Carlos primero de España. No fueron puntuales porque Cortés siquiera le pregunto nada a él acerca de cómo era la organización política y social del Gran Tlatoanato que de alguna manera el traiciono, aunque por aquellos tiempos no lo considero de esa manera y hoy en su vejez lo admite, pero a nadie se lo ha dicho.

Ixtolinque mejor que nadie sabía que no era Imperio de Moctezuma Xocoyotzin, sino se trataba de digamos una federación de tres pueblos, alianza que surgió posteriormente a la caída del gran Tlatoanato tepaneca de Azcapotzalco, al que de joven deseó pertenecer y siendo sincero consigo, trató de restituir, causa que lo llevo a tomar las decisiones que tomó en aquellos años, de lo que ahora se arrepiente.

Esa noche de vela como ya seguido le sucede debido a su edad en que ahora duerme en una cama alta de borla e algodón, en vez de aquellos petates que utilizó en sus años de esplendor como señor de Coyohuacán, da vueltas sin poder conciliar el sueño y por esa causa como otras tantas le ha acontecido que sus recuerdos vienen a su memoria.

Se ve ahora en su vejez en aquella ida juventud, en que en verdad era un gran señor aunque en realidad fuera un tlatoque simplemente, sujeto al que hoy llaman indebidamente Imperio azteca.

En realidad fue señor de Coyoacán y gozaba de cierta independencia, porque como fuera gobernaba un gran territorio aledaño a la ribera del gran lago de Texcoco. Ahora valoriza lo que tenía, porque en verdad conservaba su dignidad de acuerdo a su investidura, respetada a pesar de la derrota que sufrieron los tepanecas tanto en Azcapotzalco como en Coyoacán, la primera en una unidad de pueblos sojuzgados por los tepanecas de Azcapotzalco que durante muchos años gobernó como tirano Tezozómoc su pariente, y que usurpó su segundo hijo Maxtla, asesinando al primogénito y auténtico heredero Tayatzin. Recuerda que supo que en esa debacle tepaneca participaron como mercenarios los tlaxcaltecas y los huexotzincas, con los que lucho a su lado para destruir al Gran Tlatoanato de la Triple alianza.

En cuanto a Coyoacán, la derrota la sufrió su pueblo en manos de aquel legendario Tlacaélel, que en verdad gobernó durante años ese gran Tlatoanato.

Al recordar esos acontecimientos piensa en que en verdad ese mundo nada tenía en común con el occidentalizado mundo colonial. Ahora en la Colonia se dicen tantas cosas que en verdad no eran así, sin embargo por lo que se da cuenta así quedarán para la historia porque por desgracia nunca aprendió a escribir como lo hacen los europeos, y es una de sus frustraciones, porque en verdad quisiera dejar en tinta negra la verdadera historia que le consta acerca de tantas mentiras que se dicen de aquellos tiempos, que ahora sabe que eran mejores.

Esa noche piensa ya no en idioma Náhuatl sino en español, porque aquella hermosa lengua la ha dejado al querer haber sido como el conquistador, aunque la hable mal, como sea se convirtió en un indio payo que pronto dejó el tradicional maxtla o taparrabos por las ridículas calzas peninsulares, vistiendo inclusive un incómodo e irrisorio chaquetón de fieltro imitando a su amigo Hernán Cortés, nunca se supo ridículo, simplemente imito al invasor. En realidad fue objeto de mofa por el colono español, su piel cobriza, sus profundos ojos negros y la melena sumamente lacia lo delataban como lo que era, un aborigen fuera de lugar, pero bien lo ocultaban porque como fuera era el gobernador de indios, y tenía tierras, poder, y caudal, cosa que respetaban los españoles, aunque en realidad añoraban las tierras que conservó a pesar de la conquista, gracias a que como fuera el conquistador no se olvidó de sus promesas dadas a los indios que se aliaron, que en verdad fueron ellos los que destruyeron la Gran Tenochtitlán.

Su amigo el gran capitán, como él le llamó, nunca olvido las veces que le salvó la vida, por lo que Ixtolinque fue como fuera un personaje primordial en la que consideraban en España la hazaña casi imposible de Cortés. El viejo cacique no fue el único aborigen del que no se olvidó Cortés, pues solicitó al entonces sacro emperador Carlos V el reconocimiento de hidalguía y el de las tierras como la tenían sus señores indios aliados desde tiempos de su gentilidad. Reconocimientos que emitió el rey español para los principales colaboradores indígenas que hicieron posible la invasión en sendas Reales Cedulas, así se reconocieron como caciques a Ixtlixóchitl el joven, a sus aliados tlaxcaltecas, Lorenzo Maxixcatzin, el viejo Xicoténcatl, y algunos otros caciques de primordial importancia para la caída de la Triple Alianza.

Ixtolinque recuerda que las Reales Cedulas tardaron en llegar a la colonia, por lo que muchas veces dudó de Hernán Cortés, sin embargo después de que volvió el conquistador de España para enfrentar su juicio de residencia, le dijo:

_Juan como ahora te llamas por bautismo cristiano, sé que has dudado de mi palabra, y si algo he aprendido de ustedes los indios es a privilegiar la palabra. Salí bien librado gracias a mi adorada virgen de Guadalupe de todos los cargos que me fincaron. El rey D. Carlos nuestro gran señor no tan solo me absolvió de los cargos sino que me reconoció como marqués. Sin embargo como les di mi palabra, la he cumplido, pidiéndole a él que les reconozca sus tierras como las tenían desde tiempos de su gentilidad y no solo eso sino que les reconocerán nobleza peninsular y serán premiados como si fueran condes, como caciques.

Recuerda Ixtolinque que mucho tuvo que explicar Cortés acerca de los títulos nobiliarios españoles, una verdadera herencia de esa edad media que todavía estaba vigente en España y Europa, ya que el renacimiento apenas se iniciaba a manifestar. Al fin entendió Ixtolinque lo que era un cacique, y también comprendió el sistema de vasallaje Español y ahora él lo era del flamante marqués.

Esa noche viene a su recuerdo la decepción que sufrió a pesar de que el español había cumplido su palabra, porque se dio cuenta que poco había cambiado su personal situación y fue la primera vez que se cuestionó acerca de su lealtad hacia su mundo anterior, porque para él en verdad poco cambió su realidad ya que se consideró como antaño simplemente un tlatoque, ya no sujeto al Gran Tlatoanato, ahora a un reino lejano e incomprensible para él.

Piensa en lo que supo de la derrota de Coyoacán ante las tropas mexicas comandadas por Tlacaélel, del que tan solo supo lo que escuchó acerca de él y al que perdió la cuenta de las veces que lo maldijo. En verdad que el derrotó a su pariente tepaneca Maxtlaton de la estirpe de los gobernantes tepanecas que descendieron del tirano Tezozómoc, que expandió su Tlatoanato hasta la serranía del Ajusco, y por el poniente incluía inclusive los poblados ubicados en Cuaximalpán los que gobernaron hasta la derrota por los mexicas los tepanecas.

Ahora en vela piensa en la historia verdadera, no en la que relataron los tlacastali o como les decían otros los catlaxtecas a los españoles. Le dieron un señorío que en realidad no le pertenecía en tiempos de Xocoyotzin, ya que era tan solo un tlatoque sojuzgado al Gran Tlatoanato de la Triple Alianza. Que lejanas estaban aquellas ideas de que no había sojuzgamiento por parte de los mexicas. Recuerda la verdad, y supo que al héroe mexica de la conquista de Coyoacán le reconocieron diez suertes de tierra en lo que fue ese señorío dependiente de Tezozómoc. De hecho esas diez suertes de tierra que le otorgaron a Tlacaélel eran todo el señorío conquistado por los mexicas. Si bien la tierra no era sujeta de apropiación según la idea de la madre tonanzin, si lo eran los frutos, por lo que los barrios dependientes antes de la caída de Coyoacán que pagaban tributo a Tezozómoc a raíz de la conquista lo pagaron a Tlacaélel, lo que si supo es que como el cihuacóatl era de hecho el tlatoani, dejó para beneficio de su pueblo los tributos.

De hecho recuerda que una de las causas de que se le unieran los llamados hoy barrios al que fue el señorío tepaneca de Coyoacán, no fue tanto por los tributos, los que desde antes pagaban a Tezozómoc, sino que se rebelaron uniéndosele a causa de los excesos que cometían los mexicas al exigir, aunque no siempre, flores para ofrendar a lo sagrado, esto es gente para el ritual que los peninsulares llamaron sacrificios humanos.

Durante años Ixtolinque justificó su evidente traición al decirse que lo hizo por evitar que tomaran personas para los rituales, sin embargo ahora de viejo no se miente, porque sabe que ellos mismos los realizaban, aunque en los tiempos de esplendor de los mexicas estos los incrementaron.

Esa no fue la causa, y reconoce en esa vigilia que fue su ambición personal para erigirse en el único señor tepaneca, creyendo que recuperaría primero el lugar de Tezozómoc y después lo que algún día conquisto el mítico rey Xólotl. En verdad tiene que reconocer que se equivocó, porque su ambición no fue satisfecha, ya que de ser un tlatoque ahora era un cacique al que poco le servía el título de nobleza peninsular que le reconocieron Cortés y el rey Carlos I de España.

Nuevamente recuerda que Cortés cumplió lo que prometió, pero en realidad no era lo que Ixtolinque deseaba, porque después de escuchar lo que dijo Cortés, comprendió que a fin de cuentas no era más que nuevamente otra vez tlatoque, y en vez de pagar tributo a los mexicas, primero lo pagó a su amigo el gran capitán y ahora paga a los españoles que a su parecer han usurpado lo que a cortés le correspondió.

Como sea sabe que ya han pasado casi veinte años que murió su gran capitán, amigo y vecino en la villa de Coyoacán bueno casi vecino, porque el conquistador dejó Coyoacán cuando terminaron su palacio en la que fue la Gran Tenochtitlán, pero tampoco lo podía ver ahí porque prefirió ya casado con la noble Juana de Zúñiga hija del conde de Aguilar y sobrina del que fue el poderoso duque de Béjar decidió mudarse al palacio que construyó en Cuauhnahuac, donde nacieron los hijos de la marquesa consorte. Recuerda que cuando se enteró de la muerte de Cortés le pudo, un tanto por amistad y la otra porque vio los embates que sufrieron las propiedades del marqués por sus voraces paisanos, y temió que igual suerte podrían tener las tierras que le reconoció el rey don Carlos. Pero no solamente las que él se quedó para sí, sino la de sus beneficiarios a los que donó tierras del otrora señorío de Coyoacán.

No puede olvidar que después del que el gran capitán le dijera que las tierras eran suyas, recordar lo que le dijo:

_ Capitán Malinzin, creí que tú me darías el Tlatoanato tepaneca no una parte, me dices que ahora todo es tuyo lo que fue de la Triple Alianza que era mucho mayor que el señorío Tepaneca de mi pariente Tezozómoc, siendo sincero yo esperaba eso.

_ Sabes que te amo y que te estaré eternamente agradecido. Te explicaré la verdad a ti no te puedo mentir. Sabes bien que conmigo triunfaron muchos soldados y bien sabes que le pasó a aquel oro después de aquella noche de mi debacle, no quedó oro suficiente, y lo que se perdió nunca lo recuperamos. Ahora entiendes el valor que le damos al oro, no es un alimento, implica confort y poder, ese es nuestro mundo. Al no tener ese tesoro tuve que hacer concesiones a los míos dándoles tierra de mi marquesado, como la que pedí a su majestad les reconociera a los indios que me acompañaron, razón por la que no te di todo el Tlatoanato como lo detentaron tus ancestros.

Ixtolinque recuerda vívidamente lo que le contestó, obviamente con la decepción lacrada en el rostro.

_ Mi señor, mi gran señor, tienes más tierra, yo creo que merezco todo el Tlatoanato. Recuerda que cortés lo miró un tanto molesto y le dijo:

_En verdad te considero mi amigo, y no nos engañemos. Es cierto que fuiste principal de muchos barrios, pero deje instrucciones que te reconocieran miles de caballerías de tierra, de hecho ni en tiempos de Monte-suma las detentaste, te he dado desde el monte alto del Ajusco hasta la ribera del lago, te incluí parte de Mixcoac, inclusive te dejé hasta el cerro de la langosta que llaman Chapultepec, pero no tan solo eso, te reconocí tierras que no detentaste nunca en tiempos de los mexicas, te reconocerá el rey inclusive lo que llaman las tierras de Tecuantitlán y las de Cuajimalpa o como ustedes le llamen, es mucho más de lo que detentaste en tus tiempos como cacique indiano. Eso lo hice porque no olvido las veces que me salvaste la vida.

Recuerda el cacique que sabiendo que era cierto, prefirió callar y tan solo le dijo a Cortés:

_Señor, mi gran señor, así como tú le has dado tierras a los tuyos yo les daré a los míos y te pido que no te opongas.

Ixtolinque recuerda que el capitán sonrió y le dijo que en España la tierra que le reconocería el rey sería de su propiedad, cosa que le tuvo que explicar cortés pues todavía por ese entonces, de acuerdo a la cosmogonía nahuatlaca la tierra no era susceptible de apropiación, solo le quedó claro hasta que Cortés le explicó que podía hacer lo que quisiera con ella y que nadie se opondría, pues era mandato del Rey. Cuando entendió el trasfondo del asunto el cacique, le dijo a cortés:

_Capitán Malinzin, así como tú le has reconocido a los tuyos tierra, yo quiero reconocerla a los pueblos que lucharon a mi lado, quiero darles la tierra para que la trabajen.

_ Si se las das será de ellos y ya no será tuya, no se las podrás quitar, pero para que eso suceda, debemos esperar que lleguen las reales Cedulas o sean los papeles en que te reconocerá tus méritos el rey. Tan pronto lleguen te daré los papeles, pero debo advertirte que los indios que reciban la tierra deberán pagarte tributo y de ello y una parte será para mí, serán mis vasallos y tuyos y del rey.

Ixtolinque se dio cuenta que en realidad nada había cambiado, antes los señores eran los mexicas y ahora serían los españoles, por lo que se convenció que hubiera sido preferible seguir leal a la Triple Alianza y con esa convicción al fin quedó dormido.

Capítulo 2

Salvé la vida de Hernán cortés

Después de aquella plática que recordó Ixtolinque, tuvo que esperar casi dos años que tardo para que llegará la primera de una serie de Reales Cédulas emitidas por los reyes de España, llegando la primera de ellas en el año de 1532 firmada por el rey D. Carlos y también por su madre la reina doña Juana de Zaragoza, la cual fue como lo marcaba la inveterada, publicitada mediante pregón por todos los pueblos y barrios de Coyoacán y obvio también en la Ciudad de México.

Ixtolinque recibió con agrado la noticia despejando la duda que le asaltaba acerca del gran Capitán, que con ese documento que le entregaron como legal título de propiedad, comprobaba que Cortés había cumplido su promesa. Le explicaron el contenido, ya que el emperador le había concedido escudo de armas y el tratamiento de don, reservado en aquel entonces para la nobleza peninsular.

Le dijeron que su nombramiento por el rey, no se le hizo como conde sino se le dio el tratamiento de cacique y como tal vasallo de Cortés y obvio del rey, se le reconocía hidalguía proveniente de su nobleza indiana, le dijeron lo que comprendía las tierras reconocidas y otorgadas como heredades y en propiedad, tal como selo había dicho el capitán Malinzin, Nombraba la Real Cédula los parajes que habían sido de los pueblos que fueron sus aliados en la llamada lucha para la caída de la Gran Tenochtitlán, sin embargo como resultaba común por ese entonces, los parajes al mencionárselos habían cambiado muchos la pronunciación en el idioma náhuatl, pero fueron fácilmente identificados, y el documento del cual aún a la fecha hay constancia, explicaba lo que comprendían las tierras que reconocía el rey como propiedad de quien sería conocido como D. Juan Cacique de Coyoacán y por lo tanto como gobernador de la villa, aunque le explicaron que estaría acompañado por funcionarios españoles en el gobierno, por lo que en verdad era gobernador nominal.

La tierras reconocidas eran enormes tal como se lo había dicho Cortés, ya que por el sur llegaban a la cima más alta de la serranía del Ajusco, al cerro conocido como pico del águila o Hueytepetl cerro grande del Ajusco, y hacia el norte dado que en aquel entonces existía el Lago de Texcoco, su límite era la ribera del mismo que llegaba hasta Huipochco que sería llamado Churubusco donde alguna vez existió el templo de toci o tosi y fue la región consagrada a Huitzilopochtli por los mexicas, por lo que de hecho esa parte nunca había pertenecido a Coyoacán, pero cortés así lo dispuso y lo avaló el rey. Por el oriente los límites eran la serranía que baja por Tlalpan, llegando a los cerrillos de Zacayucan hoy sitio donde se encuentra el Parque Bosques del Pedregal, incluidas las tierras donde se localiza la pirámide circular de Cuicuilco y bajando hacia el norte hasta llegar a Huipochco hoy Churubusco, por el poniente hacia el sur se incluían las tierras de Cuaximalpan hoy llamada

Cuajimalpa, tierras ancestrales de dominio tepaneca y reconquistadas por los mexicas en tiempos de Ilhuicamina y por el norponiente incluían Chapultepec y Mixcoac.

Le quedó claro al cacique que dentro del reconocimiento incluía Churubusco, Xotepingo y gran parte de Tlalpan, así como los Reyes Coyoacán, llamado así por ser asentamiento de los tlatoques de Coyoacán, incluidos a los llamados malpaíses que eran los pedregales, Chimalistac e infinidad de barrios que posteriormente serían refundados como pueblos con su respectivo santo patrono.

En realidad Ixtolinque tuvo que conformarse, aunque las tierras otorgadas eran enormes, no logró el deseo de ser erigido como tlatoani como lo fue Tezozómoc o Maxtla y por demás ahora estaba sujeto a un rey extranjero, causa de su arrepentimiento.

La Real Cedula primigenia, hacía referencia genérica de los servicios prestados al gran capitán o huey Malinzin, por lo que al mencionarle esos méritos, el cacique recordó lo sucedido en aquellos tiempos en que traidoramente mandó emisarios a entrevistarse con los españoles, pactando que se uniría Ixtolinque con otros tlatoques a las huestes de cortés llegado el momento en que arribarán a Tenochtitlán, lo que no fue así, sino que las huestes de Ixtolinque irrumpieron en Tenochtitlán la noche de la debacle de Cortés conocida hoy como la Noche Triste, que fue en realidad de la victoria para los mexicas, aunque ya por quince días habían tenido sucesivos triunfos sobre los españoles.

Cuando estaba ya perdido todo para los invasores, irrumpió Ixtolinque permitiendo que el propio Cortés salvara la vida con algunos cientos de peninsulares, ya que los mexicas tuvieron que dividirse para enfrentar a los de Coyoacán obvio al mando de Ixtolinque, lo que permitió que españoles e indios tlaxcaltecas y del traidor Ixtlixóchitl lograran cruzar la última cortada llamada Petlacalco y pudieran seguir la huida hacia la frontera de Tlaxcala.

El mérito en realidad era, que gracias a su intervención el ejército de Cortés salvara la vida. Ixtolinque no puede dejar de pensar en que si no hubiera intervenido traidoramente hacia la Triple Alianza, cuando menos Cortés no hubiera sido el gran capitán, pero no fue la única ocasión en que le salvó la vida al capitán Malinzin. Recuerda los sucesos de la fallida intervención que realizó Cortés para tratar de cortar en definitiva los suministros de alimentos hacia Tenochtitlán provenientes de Xochimilco y de Cuauhnahuac, hoy llamada Cuernavaca. Recuerda el cacique que partieron de Texcoco hacia la parte del oriente con rumbo hacia Iztapalapan para llegar a Chalco, Tlahuic, e ir hacia el sur para llegar a reducir a las fortalezas mexicas de Oaxtepec y de Yautepec, para posteriormente dirigirse a Cuauhnahuac y reducir la resistencia mexica.

En realidad se acuerda que desde un inicio la misión tuvo fracasos, inclusive en la serranía para llegar a Tlayacapan fueron hostigados por los mexicas, que atacaban, hacían daño y se retiraban en un sistema hoy conocido como guerra de guerrillas. Posteriormente el ejército del gran capitán tuvo que materialmente huir perseguido por las huestes del gran capitán mexica Yoatzin por toda una barranca, la que para su fortuna iba a dar cerca de la ciudadela Tlahuica de Cuauhnahuac.

Ese día había ceremonial tlahuica a lo sagrado, por lo que como era costumbre los danzantes lucían sus mejores galas y por supuesto llevaban su joyería y cascabelillos de oro, y al ver ese tesoro portado en los hombres, como ya se iba haciendo costumbre, se realizó otra matanza como la acontecida en Cholula y en el Templo Mayor de Tenochtitlán, otro suceso no muy recordado por los historiadores. Ixtolinque recuerda la masacre, la que por cierto fue artera como las otras. El oro fue para los peninsulares y la plumería para los indígenas como siempre. Sucedió que los mexicas de la fortaleza de Teopanzolco se dieron cuenta y fueron en tropel a defender a los tlahuicas y a atacar al ejército de Cortés. Cuando llegaron los mexicas la carnicería estaba finalizando en una orgia de sangre y muerte, fue tan fiero el ataque por parte de los mexicas que inclusive Cortés resulto prendido, y en vez de ultimarlo lo llevaban para sacrificarlo a sus ideas de lo sagrado, que si no fuera cierta esa costumbre, que ahora muchos se empecinan en negar, el gran capitán hubiera visto el fin de los días en ese ataque. Cortés salvo la vida no por la providencia, sino que Ixtolinque con sus leales le salvaron la vida al matar a sus captores, por segunda vez le debió la vida el español a este indígena casi olvidado por la historia tradicional.

Ahora en su vejez Ixtolinque entiende, que gracias a él los españoles señorean esta tierra, porque es indiscutible que Cortés tenía talento y sin él quizás la historia fuera otra, porque en realidad ninguno de los españoles que llegaron con Cortés tenia las dotes requeridas, Pedro de Alvarado el capitán Tonatiuh como le apodaron, en muchas ocasiones puso en la palestra su falta de talento y su crueldad, a la que en diversas ocasiones los propios españoles se le rebelaron, tampoco tenía el talento requerido el gran amigo de Cortés Gonzalo de Sandoval, que había sido ya derrotado en diversas ocasiones por los de la Triple Alianza, Esas situaciones las entiende perfectamente el cacique, por lo que en realidad no quedó a gusto con los reconocimientos, y aunque siempre fue amigo de Cortés no estuvo exento de reclamos hacia él.

Ixtolinque también cumplió su palabra y colaboró para la refundación de muchos pueblos de aquel Coyoacán. Valoriza lo que fue su nueva vida después de la caída de Tenochtitlán, se tuvo que bautizar entrando a una fe que en realidad le era ininteligible, pero fue obligado para poner el ejemplo a los tlatoques asentados en sus tierras, y obligó a sus vasallos a construir primero ermitas y después templos para el dios caxtlaleca o tlacastali crucificado, requisito impuesto por los españoles para que reconociera las tierras a sus vasallos. Así se construyeron las primeras ermitas en Coyoacán, refundándose nuevos pueblos. En realidad la idea de reconocerlo como cacique tenía oculta otra intención. En realidad los pueblos de Coyoacán habían sido abandonados por sus pobladores, que ahora entendían el mal que significaron los españoles. La viruela mermó a poblados enteros, desapareciendo algunos, pero hubo cólera y otras enfermedades antes desconocidas en el mundo indígena, llegando a tal grado que los pobladores de aquel viejo Totolapan, cuyo sitio original se conserva en algún mapa de la época, que obra en los archivos de la Ciudad de México, solo quedaron diecisiete mermadas familias por lo que se situaron en el sitio del actual San Nicolás Totolapan vecino de la hoy Magdalena contreras, llamada atlytic.

Ixtolinque recuerda lo que hizo con las tierras reconocidas por los reyes de España y algunas de las causas que lo llevaron a tomar esas decisiones y el sacrificio que eso implicó para el cacique. Recuerda que para nada le agradó la idea de cambiar su fe antigua y la imposición de nuevas costumbres, como buen nahuatlaca que había estado encumbrado en el gobierno tenía varias esposas y concubinas, y por supuesto muchos hijos. Se dio cuenta de la importancia que tenía quedarse con una sola esposa, ya que de acuerdo a los nuevos tiempos, esa sería su esposa en el nuevo rito de religión. Decidió que su hermana que se llamó Isabel ya bautizada, era conveniente que se casara con un español, pero para lograrlo tuvo que darle a ella una gran hacienda que se llamó Hacienda de Copilco, en una primera subdivisión de sus tierras de Coyoacán. Cumplió su promesa y comenzó a entregar tierras a los que fueron sus aliados, las que tenían antes de la llegada de los españoles, reconociendo tierras a los pueblos refundados para que las trabajan sus pobladores de acuerdo al viejo sistema de tierras comunes, así dividió las tierras reconocidas por los reyes españoles y eso llevo a realizar apeos y deslindes para que nadie tocara las tierras reconocidas.

Las refundaciones de nuevos asentamientos, ya conforme a la usanza española se dieron, bautizándose los nativos y con la intromisión en ese entonces por los curas franciscanos que se encargaron de catequizar a los nativos y en las ermitas construidas se les asigno el famoso Santo Patrono, de las dotaciones a sus aliados subsisten códices coloniales ahora llamados Techialoyan subsistiendo en la actualidad algunos como el llamado lienzo de Ocotepec y el tristemente célebre códice de san Nicolás Totolapan, obviamente autentico, pero escatimado por las autoridades y jueces actuales que han privilegiado propiedades privadas, evidentemente ilegales a fraccionadores afamados por sus prácticas ilegales.

La propiedad originaria de Ixtolinque cambió de manos en vida del cacique, quedándose para si con las tierras de Xotepingo, los Reyes, Chimalistac y parte de las tierras enorme de Cuaximalpán hoy Cuajimalpa.

Como era de esperarse los peninsulares añoraban fincarle el diente a las tierras del cacique, muy cotizadas por su cercanía a la capital, eso lo sabe en su vejez Ixtolinque, que sabe que no le queda mucho de vida y ya sus hijos de su esposa cristiana e hijas contraerán nupcias con extranjeros.

En realidad con la esposa que casó en ceremonia religiosa tuvo hijas, las que casó con peninsulares pero solo una de ellas recibió la herencia de su padre D. Juan cacique de Coyoacán, que caso con un español de apellido Patiño conservando ella el cacicazgo de Coyoacán y el apellido Patiño Ixtolinque que quedará para la posteridad.

Ixtolinque en vida no tuvo tantos problemas con su mayorazgo, y mientras fue gobernador protegió con la ayuda de Cortés las tierras que reconoció a los aborígenes que fueron sus aliados. Sin embargo el gran capitán que sufrió las envidias de sus paisanos, pero nunca de los indios que fueron sus aliados y que lo ponderaron hasta su muerte acontecida en el año de 1547, cambió la historia para los indios inclusive para los descendientes del cacique.

Capítulo 3

Hoy soy noble y señor español

Ixtolinque en otra de esas noches en vela recordará muchos momentos que vivió con su gran capitán, como fuera se conformó con lo que le reconoció de hecho Cortés y recuerda que cambió sus costumbres, vistiendo como indio payo y cambiando su casa por una al estilo peninsular, como sea la idea de confort español fue algo que apreció y él como excepción pudo tener caballos prohibidos para los demás indios en general, por el temor a las revueltas que provocaba la esclavitud disfrazada de encomienda, causa por la cual los indios de los antiguos barrios habían huido a la serranía del Ajusco a ocultarse de sus otrora aliados españoles.

Esa huida fue también la causa que lo obligo para otorgar los reconocimientos de tierras, pues ese sistema feudal heredado de la Edad Media se importó a la Nueva España, bueno aunque en realidad no era tan distinto del sistema de tributos impuesto por la Triple Alianza, los nuevos pueblos refundados al estilo colonial pagaban tributo a Ixtolinque y este a Cortés, pero este no le pagaba al rey por los veintitrés mil vasallos que reconoció el rey a Cortés que sería fuente de conflicto frecuente del conquistador con las autoridades de la Nueva España.

Ixtolinque que superó su decepción, no estuvo exento de conflictos con Hernán cortés, aún recuerda que el conquistador fundo una villa en Coyoacán donde construyó su casa, que aún se conserva como cede de gobierno de la ahora municipio de Coyoacán. Cortés vendió tierra para que se asentarán colonos españoles en la zona que había sido una efímera capital de las tierras recientemente conquistadas. Como fuera Ixtolinque aceptó esa situación y no se supo si recibió algo del conquistador por la venta de solares, que a la larga haría que las tierras de Coyoacán reconocidas al cacique fueran objeto del deseo de esos colonos llegados a la nueva España sin haber sido parte de la lucha armada, por lo que sin ser soldados leales a Cortés fueron los que atentarían en contra de las tierras tanto de Ixtolinque como de los indios de los pueblos recién refundados.

Otro conflicto que tuvo Ixtolinque con su amigo cortés fue el que se dio por las tierras cercanas a lo que algún día fue Cuicuilco, y que comprendían dos manantiales, el cercano a la pirámide circular de Cuicuilco y el manantial que se conocerá como de las Fuentes Brotantes, tierras que tomó el gran capitán para dárselas a su siempre leal amigo Bernal Díaz del Castillo y que algún lejano día dirá, que no se le reconocieron sus méritos como conquistador a pesar de ser gobernante de Guatemala. Como fuera cortés le otorgó las tierras a Bernal, donde fundó una tenería y un batan y la hacienda quedara conocida como la Hacienda de Peña Pobre, con una superficie que se determina con documentos históricos, pero sin embargo veniales autoridades por intereses bastardos la harán crecer con mañas evidentes y corrupción desbordada.

A fin de cuentas los conflictos fueron superados y así Ixtolinque le fue leal siempre al capitán Malinzin, el cacique en verdad sintió su muerte cuando se enteró de la que ya habían pasado más de veinticinco años cuando se dan los recuerdos en aquella noche de insomnio.

Ixtolinque por la edad sintió frio esa noche invernal, por lo que decidió dejar de dar vueltas en la cama, se colocó un zarape al que le llaman jorongo, que tiene un hoyo a la mitad para sacar la cabeza y envuelto en el jorongo se dirigió a buscar su jarrón de barro donde guarda el mezcal, al cual se aficionó con sus nuevas costumbres para beber un poco como remedio contra el frio que sufre. Se sirvió una generosa porción y se fue a sentar en un sillón de madera forrado con gruesa piel de cerdo de color escarlata, que sustituyó a los viejos icpali de manufactura tradicional.

Ya sentado siguió con sus recuerdos y pensó en los acontecimientos que iniciaron el año de 1563 de la cuenta de Jesucristo, de los cuales fue testigo presencial y en parte protagonista, los tenía muy presentes porque poco tiempo había transcurrido cuando acontecieron. Recuerda claramente cuando recibió en Coyoacán a los tres hijos de su amado huey capitán, y obvio al que más conoció fue al hijo de doña Marina que será conocida por la historia como la Malinche, al que bautizaron como Martín igual que a su hermano el segundo marqués del Valle de Oaxaca, venía con ellos su hermano Luis, hijo de una de tantas aventuras del macho cabrío Cortés y de una española, estos dos últimos nacidos en Cuernavaca hoy Estado de Morelos.

Recuerda el día en que llegaron a Coyoacán a vivir por un tiempo en la casa que fue de su padre, los tres llegaron con sus esposas y un gran sequito digno de un marajá oriental. Obviamente Ixtolinque personalmente les dio la bienvenida como si de su padre se tratara, y les realizo un convite donde preguntó el cacique la causa de su llegada a la Nueva España a lo que dijo Martín el hijo de la Malinche:

_Ixtolinque, mi padre terminó amando a sus leales indios sobre sus paisanos, sufrió mucho con ellos, no perdonan los españoles el éxito, se arrepintió de muchos de sus excesos al comprender un poco más a su raza tanto que sus últimas voluntades fueron que se creará una nación mestiza con dignidad, nos pidió que regresáramos tierras que tomó indebidamente a los indios y que sus restos descansaran en esta tierra de Coyoacán. Siempre te amo y vivió agradecido por las veces que le salvaste la vida de lo que te puede dar pormenores mi hermano Martín que es ahora el dueño de lo que fue su marquesado.

Al escuchar la voluntad del conquistador se sintió halagado Ixtolinque, por haber designado sus tierras para el eterno descanso del conquistador.

Como reacción del cacique dijo:

_ Tu Martín hijo de Malinzin eres mestizo, y eres parte de dos mundos, me alegra que tus hermanos y tu vuelvan a la tierra que los vio nacer. Yo les reitero a los tres mi lealtad que se la otorgué a su padre, y tan pronto lleguen sus restos me encargaré de su permanente custodia, será un honor.

Ixtolinque estuvo al pendiente de los tres hermanos Cortés y en espera de que llegara el cadáver de Cortés para que se le diera cristiana sepultura en la tierra de Coyoacán En realidad el cadáver del conquistador había sido inhumado ya de su primer morada en las tierras españolas propiedad del duque de Medina sidonia donde fue trasladado y ahora esperaba para hacer viaje por altamar para llegar a la Nueva España.

Se dieron varios sucesos con la autoridad colonial de la que era encargado el virrey Luis de Velazco padre y el conflicto inició con la Real Audiencia que se oponía a que los restos del conquistador fueran enterrados en la Nueva España aduciendo que el sitio donde descansaría el conquistador se convertiría en sitio de peregrinaje por los indios que amaron al capitán, en realidad más que eso había otra clase de temor, sabido era la amistad del segundo marques del Valle con el actual rey Felipe II y el temor infundado era que lo colocaran como virrey con lo que se terminarían los negocios que los oidores de la audiencia realizaban a escondidas del virrey, al que le metieron temores acerca de los hermanos cortés, que habían sido recibidos por españoles e indígenas desde que pusieron un pie en la colonia.

En realidad eran temores mal infundados acerca del segundo marques, que nunca se decidió a formar parte de una conjura que fuera en contra de su amigo el rey de España.

El virrey influenciado por los oidores cayó en ese perverso juego, y la animadversión y conflicto se dio por una cosa banal, a causa del sello de plata que utilizaba el segundo marques para el despacho de los asuntos particulares que heredó de su padre que era más grande del que utilizaba el rey para el despacho de sus asuntos y Luis de Velazco prohibió su utilización. Esa cuestión menor llegó hasta el conocimiento del rey español, mientras tanto había también conflicto para enterrar en estas tierras al conquistador que finalmente quedo resuelto al permitir los obispos de España y de la colonia su entierro en la Nueva España, así llegaron los restos de Cortés entre gran expectación y los indios los recibieron como si de un héroe se tratara y finalmente fueron enterrados en el hospital de Jesús que se construyera con los dineros de Cortés.

Muchos españoles supieron de los conflictos de los hermanos Cortés con el virrey y los oidores, y las quejas tanto de indios como de españoles se dieron para el marques pero que escucharon también sus hermanos, que pensaron que quizás era tiempo de que un Cortés fuera rey de estas tierras y el hijo de la Malinche y Luis se entusiasmaron con esa idea, pero no así el segundo marqués que dudó en unirse a una posible conjura, sin embargo un suceso aparentemente intrascendente sirvió para que al virrey lo convencieran de que los hermanos Corté ya no solo querían el virreinato sino un reino independiente de España.

Don Juan cacique recuerda perfectamente el acontecimiento que se dio en la casa de los Cortés en Coyoacán, se trató de una mascarada siendo una fiesta, y la ocurrencia fue el tema del encuentro del capitán Cortés con Xocoyotzin en el que actuaron los hermanos y los invitados a la fiesta haciendo una burda parodia de aquel suceso que se realizó como parte de la diversión. Sin embargo los oidores lograron convencer a D. Luis de Velazco que la parodia tenía la finalidad de recordarle a los indios quien fue su padre y tenía el trasfondo de que llegara el segundo marques a hacerse del poder en la Nueva España. Ixtolinque no olvida los sucesos, ya que en realidad los tres hermanos habían desde antes recibido promesas de los caciques de una lealtad inquebrantable, la que muchos de los amigos de ellos se entusiasmaron con una posible conjura a la que dudó unirse el segundo marqués, sin embargo los que se entusiasmaron fueron los hermanos del marques.

Ixtolinque recuerda esas reuniones cuando las llevaron a cabo en Coyoacán, ya que el mismo participo de ellas donde los hermanos Cortés inclusive estuvo el religioso que por ese entonces era abad de la catedral de México.

Supo el cacique que los indos que fueron en otros tiempos los que en verdad ganaron la batalla por Tenochtitlán que se entusiasmaron con la idea de que ya fuera el segundo marques rey de la nueva España o su hermano el mestizo en caso de no aceptar el primero, De hecho se habló conspirando de que se realizarían acciones para lograr la independencia del reino español.

Ixtolinque supo de que la conjura fracasó, obviamente por algún espía de los oidores y del virrey, resultando prendidos los tres hermanos y sometidos a juicio, y supo que milagrosamente salvaron la vida ya que se dio la llegada del marques --- nombrado recientemente virrey que salvo la vida de los tres hermanos y los envió a España para que fueran juzgados por el rey. En realidad Ixtolinque no se enteró de los pormenores ni de lo que sucedió en España solo recuerda que hablo un día con Martín Cortés el mestizo diciéndole:

_Martín amé a tu padre y te conocí en brazos de Marina tu madre, como sea tu llevas ambas sangres, tú debes ser el rey.

_Sé que para muchos de los indios ese es su deseo, hartos de los abusos de los españoles. Por cuestiones de orden queríamos que fuera nuestro hermano que detenta la herencia de nuestro padre, sin embargo ha dudado lo que ha retrasado los planes y con el apoyo de la lealtad de los indígenas he aceptado ser el que encabece la revuelta.

_En verdad que nadie mejor que tu, sé que los pueblos que antiguamente nos aliamos con tu padre ven con aprobación que tú seas el rey mejor que tu hermano que no tiene nuestra sangre.
Hoy ya no será como en esos tiempos del macuahuitl, hoy tenemos machetes y algunas herramientas de fierro para la labranza, sabemos que conoces de tácticas de guerra, pues fuiste parte del ejército en España y estaremos dispuestos a obedecerte en las técnicas que sabes.

En efecto los tres hermanos habían acompañado en la guerra al rey Felipe II, por lo que conocían bien la técnica delas afamadas triadas que utilizaban los españoles y por supuesto que las pondrían en práctica, aunque no esperaba Martín tanta efectividad pero eran muchos los indios y españoles que se unirían a la empresa, por demás sabían que el rey difícilmente algo podría hacer el rey por sus guerras contra los flamencos y contra la poderosa Inglaterra que no dudaría en apoyar un reino independiente en la Nueva España.

Los conspiradores se entusiasmaron pero continuó indeciso el segundo marques y por la traición y la indefinición de Martín Cortés el español resultaron prendidos.

Ixtolinque como muchos indígenas se quedaron esperando la acción y esa oportunidad por la indefinición de Martín el español se perdió, y tendrían que pasar dos siglos y medio para que se lograra la independencia.

Termino su mezcal y ya caliente sus huesos el cacique se dirigió a su cama alta para conciliar el sueño, eso sí con el amargo recuerdo que le dejo el fallido episodio.

Capítulo 4

Indio viejo, recuerdos amargos

Ixtolinque está viejo y cansado y sabe que pronto morirá, y ya impedido de estar en pie en su cama que de seguro será su lecho de muerte, en soledad continúa recordando su vida, siendo fiel testigo de lo que aconteció en los primeros años de la colonia, enterándose de los conflictos que tuvo su señor Hernán Cortés, y de la llegada del cruel Beltrán Nuño de Guzmán, que logró ser designado oidor de la Primera Real Audiencia, que fue acérrimo enemigo del conquistador, obviamente apoyado por el poderoso ministro de Indias el cardenal Fonseca y porque no, también del rey D. Carlos que le temía al sagaz capitán Cortés.

Recuerda que Nuño de Guzmán no solo trató de destruir a Cortés, sino que también a los hombres que fueron soldados leales al conquistador, todavía tiene presente que fueron hombres a nombre de ese oscuro personaje, a exigirle que se uniera a las campañas que realizaría Nuño de Guzmán en Michoacán y occidente para la conquista y sumisión total de esa región, le exigió que lo acompañara con gente de guerra, a lo que se negó, inclusive lo trato de convencer diciendo el español que lo acompañarían a su conquista los tlaxcaltecas, pero el solo le era leal a su huey capitán y se negó, sin embargo recibió amenazas del oidor y temió que su cacicazgo fuera confiscado por el enemigo de Cortés, por lo que acudió a algunos españoles de los leales a Cortés para que le escribieran a su nombre al rey pidiéndole confirmación dela aquella real Cedula que le reconoció las tierras de Coyoacán, por lo que recibió diversas cedulas confirmando su merced de tierras, e inclusive con la tajante orden del rey de España que nadie se entrometiera en ellas y ordenando se hicieran los apeos y deslindes. En realidad esa no fue la única ocasión, ya que el conquistador murió en 1547 y con eso los nuevos gobiernos trataron de aprovecharse de los indios y hacerse de las tierras que fueron del enorme marquesado, por lo que varias veces tuvo que escribir al rey de España para obligar a los que deseaban sus tierras a respetarlas y las que reconoció a los indios, por lo que tenía a buen resguardo las Reales cedulas que aún recuerda cuales fueron.

Ixtolinque después del fallecimiento de su amigo y señor el marqués del Valle, no vivió con tranquilidad, pues la voracidad de aquellos que llegaron después de la caída de Tenochtitlán añoraban fincarle el diente a su cacicazgo, incluido las tierras de sus indios beneficiarios. Ixtolinque trató por su cargo nominal de gobernador de Coyoacán a muchos peninsulares que fueron nombrados como funcionarios de su cacicazgo, y siempre supo que lo desdeñaron por ser un indio rico y se encargaron de restarle poder, así que su arrepentimiento por su traición fue patente, como fuera nunca estuvo en tiempos de su Tlatoanato reconocido por los señores de la Triple Alianza como se encontró en la colonia, rico pero desdeñado, lo que fue peor al fallecimiento de Cortés, que como fuera estuvo agradecido por haberle salvado la vida en varias ocasiones.

Cerca de la muerte como fuera sabía que su hermana que caso con español conservaría la Hacienda de Copilco y sus mestizos hijos tendrían hacienda y caudal y esa fue la causa de que dejara como herencia su cacicazgo a una de sus hijas que también casó con español, era una manera de que se conservara lo otorgado por Cortés y los reyes de España, así con la mezcla de sangre pensó que sus nietos no sufrirían el fiero embate de los españoles. Como fuera pensando en eso le sobrevino la muerte, ya a casi cincuenta años de la caída dela Gran Tenochtitlán.

Había dejado tierras a los naturales de los antiguos barrios cumpliendo su palabra, entre ellos a Ocotepec, Xochiac, Totolapan y otros pueblos refundados con el estilo peninsular, inclusive reconoció algunas tierras de la hoy zona de Cuajimalpa, pero no murió tranquilo, temiendo que sus herencia fuera mancillada por los españoles que venían de España.

Heredó su cacicazgo y en realidad Ixtolinque vio la oportunidad de quitarse el yugo del Imperio, y se unió con sus aliados Tlaloque de los distintos barrios de Coyoacán y de ellos participaron los naturales del calpuli de Totolapan, barrio ubicado en los albores de la Conquista precisamente en el paraje de Totolapan, al sur de donde se ubica el actual San Nicolás Totolapan.

La viruela afectó a todos los indios por igual y se convirtió en una epidemia causando gran mortandad, pues la enfermedad era desconocida en el nuevo mundo, y por lo tanto los indios no tenían defensas en sus cuerpos contra ese mal.

Después de consumada la destrucción de la gran Tenochtitlan, el conquistador se estableció en la que se llamó la Villa de Coyoacán, haciéndose el tercer ayuntamiento peninsular en la Nueva España, funcionando Coyoacán como la primera ciudad capital de la Colonia.

Ixtolinque por esa causa siguió siendo cercano de Hernán Cortés y como ya ha quedado claro, el conquistador y los reyes de España le reconocieron a Ixtolinque el Señorío de Coyoacán, como heredades, el que incluía inmensas tierras que iban por el sur hasta los montes de la serranía del Ajusco, y ese señorío incluía las tierras de la antigua Cuaximalpam o sea Cuajimalpa, donde se encuentra el que en la colonia se llamó el Santo Desierto, nombrado por los naturales de la región como Tecuantitlán que significa lugar de fieras.

Con la consumación de la conquista y a falta del oro perdido en la huida de Tenochtitlán en la llamada Noche Triste, Cortés se vio en la necesidad de reconocer tierras para sus soldados a falta de oro, y así fue que reconoció las primeras encomiendas de Indios, institución que pronto se desvirtuaría y se convirtió en esclavitud para el indio encomendado.

Para los años de 1528 se creó como primer gobierno virreinal formalmente hablando, la Primera Real Audiencia en la que figuro como oidor el mal recordado Nuño Beltrán de Guzmán, el que fue el hombre más cruel que haya pisado la Nueva España y las encomiendas se olvidaron en sus fines y a los indios los esclavizaron.

Por esa causa los indios de muchas regiones huían a esconderse en los montes y sierras, y los indios de Totolapan ya mermada su población no fueron la excepción, y huyeron a esconderse a la serranía del Ajusco.

La economía en la nueva España de acuerdo a la tradición peninsular se basaba en un sistema de lealtades y de vasallaje, del que ya siendo reconocido Cortés como Marqués, le rendía vasallaje al rey Español. Al conquistador, el rey Carlos I de España le hizo marqués del Valle de Oaxaca que incluía la villa de Coyoacán en sus propiedades y por mediación obviamente de Cortés el rey español le reconoció a Ixtolinque el Señorío de Coyoacán.

Las tierras eran inútiles sin que nadie las trabajara, e Ixtolinque que estaba incluido entre los 23,000 vasallos que incluyo el reconocimiento del rey a Cortés, le debía tributar al marqués.

En esas condiciones con los indios huidos de sus antiguas tierras, Ixtolinque se vio en la necesidad de buscar a los indios en el Ajusco y les prometió obviamente tierra, ya que habían sido sus aliados en la Conquista, podríamos asegurar que no fue una gracia del cacique, sino una necesidad el que otorgara los reconocimientos de las tierras a los indios.

Como fuera Ixtolinque se bautizó y tomó el nombre de Juan Ixtolinque Guzmán y fue reconocido por las autoridades coloniales como gobernador de Coyoacán, reconocimiento que ejerció en su longeva vida Ixtolinque, que murió hacia 1575 a más de cincuenta años de la destrucción de Tenochtitlán, muriendo en tiempos del rey Felipe II.

Los indios con el reconocimiento de Ixtolinque como propietario del Señorío de Coyoacán y como gobernador de Coyoacán reconoció a los pueblos autóctonos de su señorío las tierras para que refundaran sus pueblos de acuerdo al nuevo orden y modelo español.

Las refundaciones se dieron a lo largo y ancho de la Colonia, y en los pueblos obviamente la Iglesia representaba un papel preponderante. Así los pueblos refundados se hacían a rededor de la capilla o iglesia.

El calpuli o barrio de Totolapan con el nuevo orden y con el reconocimiento de tierras que la Corona española y el marqués del Valle, le reconocieron a Ixtolinque y este a su vez a los de Totolapan, refundaron su antiguo calpuli como pueblo, en el paraje llamado por ellos Athitic, lugar donde está el rio llamado por ellos Apantepusco y renombrado por los peninsulares Rio de Santa María Magdalena, en ambas orillas del rio se establecieron los naturales de Totolapan y se construyó la capilla consagrada a San Nicolás Tolentino y en su baptisterio los Tlaloque y luego los indios tomaron el bautismo cristiano, tornándose cuando menos formalmente a la vera fe cristiana. Con motivo de esa consagración a San Nicolás Tolentino, el pueblo ya se llamó San Nicolás Totolapan, y la otra parte La Magdalena, como era costumbre peninsular se tomó nota del acto de la refundación, la que se hacía por esos tiempos mediante pregón público y se tomó nota de la misma mediante escrito que se realizó por algún escribano de ese entonces en idioma náhuatl pero con grafía latina, esto es con letras del idioma español, pero para entendimiento de los indígenas se complementó con pinturas ideográficas respecto a las tierras reconocidas por su gran señor Ixtolinque, en el llamado Códice de San Nicolás Totolapan, que es un documento de tierras de los hoy conocidos como Códices Techialoyan.

Como fuera Ixtolinque murió pensando que las tierras serían de su hermana, de su hija y de los barrios que fueron sus aliados, cosa que el tiempo se encargaría de dejar en claro que esa idea del indio traidor, fue tan solo una quimera.

Capítulo 5

Muerto el indio la tierra botín de coyotes

A la muerte de Ixtolinque el cacicazgo los heredó una hija, al parecer matrimoniada con un peninsular, ya que de acuerdo a su nobleza indiana y ahora española, con su caudal fue apetecible para los españoles que buscaban fortuna en la colonia. Quizás fue de las pocas aborígenes que en realidad se casaron conforme al rito católico sin ser consideradas de las chingadas y que lograron ese mestizaje que deseó Cortés para un futuro hubiera una nueva nación mestiza.

Como fuera el estar casada con español impidió momentáneamente la avaricia de los españoles desposeídos, que llegaron por racimos a estas tierras en busca de la fortuna que se les negaba en España.

Como fuera el español supo defender el mayorazgo de su esposa aunque sensiblemente disminuido por las donaciones que realizo en vida Ixtolinque, sin embargo le quedaron sin lugar a dudas las tierras de Xotepingo, las de Tlalpan hasta la serranía del Ajusco, limitadas por los reconocimientos a los naturales de los que fueron los aliados del cacique y tierras en Mixcoac y las de Cuajimalpa y algunas otras más.

La colonia no solo atrajo aventureros con aspiraciones de riqueza, sino con ellos llegaron además de aquellos primeros religiosos Franciscanos, algo más piadosos que los demás religiosos que arribaron ordenes conocidas por su impiedad como la de los Jerónimos, los curas que eran los inquisidores y la singular orden de los religiosos Carmelitas, protagonistas de esta historia.

Como es sabido los religiosos tenían gran influencia y lograron que los herederos del cacicazgo de Ixtolinque les cedieran tierras para un convento que construyeron a lomo de indio en San Jacinto, hoy llamado san Ángel, hoy visible en la avenida Revolución frente a lo que alguna vez fueron las oficinas de la delegación de Álvaro Obregón, visitable como recinto cultural y religioso y famoso por las momias que alberga.

Como fuera en la villa de Coyoacán se asentaron colonos a rededor de la casa que fue del capitán Cortés y en San Jacinto también se asentaron colonos por venta de las tierras que le donaron los sucesivos herederos del cacicazgo de Ixtolinque, todo en nombre del progreso, pero con un evidente trasfondo de negocio.

Coyoacán se traduce como tierra de coyotes y de seguro en su tumba Ixtolinque que actuó en vida como tal, se preguntara si ese no fue el sino de su cacicazgo, ya que los coyotes por siglos han hecho de Coyoacán una tierra fértil para la rapiña, donde el voraz aprovechamiento de verdaderos criollos ha sido la constante, pero no solo de ellos sino de mestizos que sin ser perfectamente naturales descendientes de los pobladores originarios de las tierras han hecho un negocio, Desgraciado sino de ese cacicazgo logrado con la traición.

Los religiosos Carmelitas se asentaron en San Jacinto que cambiaría de Nombre a San Ángel y años después por medio de una tramposa y supuesta compra, despojarían a los entonces herederos del cacicazgo del indio Ixtolinque.

Como sucede salió un usurpador del cacicazgo que simuló una venta del mayorazgo que correspondía a los descendientes de Ixtolinque, y los religiosos Carmelitas se quedaron con la mayor parte del mayorazgo, lo que dio origen a los interminables litigios por las tierras de Coyoacán, parte de esta historia.

Como escribieron los abogados Ponciano Arriaga, y Juan N. Carabeo nunca sería pacifica la tenencia de la tierra por los indígenas, que a la muerte del cacique don Juan iniciarían los problemas de esas tierras, ya que quedó claro que hubo un usurpador de la herencia llamado Juan Hidalgo Guzmán que se unió a unos españoles para la venta ilícita de las tierras, tanto de los descendientes del cacique Ixtolinque, así como de los naturales en ese entonces de los poblados de San Nicolás Totolapan y la Magdalena Entre esos españoles se encontraba el tristemente célebre Diego Contreras el que en base a esa compra que hicieron al usurpador, para Sosa Perea, se quedó con tierras donde ese Contreras construyo un batán el que se conoció como batan de Contreras y a ese individuo se le debe que la zona sea conocida por el Rio Magdalena como la Magdalena Contreras. Obviamente la venta a favor de los Carmelitas fue fraudulenta, quedándose para ellos con todo el cacicazgo, sin respetar ni a los

Ixtolinque y menos a los indios beneficiarios de las tierras que donó Ixtolinque

Como dio constancia el prócer nacional don Ponciano Arriaga, hubo juicios en contra de los actos que ilícitamente realizó el usurpador Juan Hidalgo Guzmán de las adquisiciones de los españoles Sosa Perea y Diego Contreras, lográndose la nulidad de dichas ventas, pero como dijo don Ponciano Arriaga, ya habían aparecido en escena los poderosos padres de la orden de los Carmelitas, los que ya habían sentado sus reales en San Jacinto que después se llamó San Ángel donde construyeron un convento e iglesia, hoy todavía visible.

Obviamente que fue imposible que los Ixtolinque con los religiosos lograran la restitución de tierras, y de ahí nació el documento que publicaron los licenciados Juan N. Carabeo y Ponciano Arriaga que titularon Causa Celebre.

En el libro de Causa Celebre se mencionan varios expedientes de los juicios seguidos desde el primer siglo después de la Conquista, pero de esos documentos hay faltantes quizás porque el Archivo Nacional colonial viajó junto con don Benito Juárez García, pero todavía existe en el hoy Archivo General de la Nación las Reales Cédulas que trajo don José Patiño Ixtolinque de España, firmadas por el rey de España Carlos IV.

En realidad lo que aconteció es que los pobladores de los pueblos refundados de la Magdalena Contreras y de san Nicolás Totolapan iniciaron juicios en aquellos juzgados de indios, y también los iniciaron los descendientes de Ixtolinque por las tierras del Santo Desierto y otros parajes.

El juicio de los indios concluyó aparentemente con una ilícita sentencia del año de 1640. Ese tribunal resolvió por medio de la persona del virrey en turno, que las tierras de lo que fue el Marquesado del valle de Oaxaca reconocidas a los indios, en virtud de que habían pasado más de cien años regresaban las Tierras al Real Fisco, obviamente esa resolución fue ilícita y confiscatoria, ya que dejó de reconocer los derechos de los pueblos a sus tierras comunales.

Con esa resolución prácticamente se legitimó la venta y reconocimiento de los ranchos y haciendas que habían vendido los padres Carmelitas. Las constancias del Archivo General de la Nación dan fe de esa resolución confiscatoria así cono del juicio en que intervinieron las naturales de San Nicolás Totolapan, la Magdalena y otros pueblos de naturales en el que actuaron los Carmelitas y los adquirentes de la que se conoció como la Hacienda de San Nicolás Eslava.

Según esos históricos documentos, los padres Carmelitas vendieron mediante contrato del cual consta su existencia la llamada Hacienda de Eslava, por supuesta adjudicación por juicio seguido a Sosa Perea, pero el contrato de venta a un boticario español de nombre Antonio de Islava, lo que trajo como consecuencia que los naturales de San Nicolás Totolapan y los demás naturales de la Magdalena intervinieran en los juicios, resultando que en base a la resolución del virrey se les impuso perpetuo silencio, en tanto al boticario Antonio de Islava con intervención de los Carmelitas se les reconoció la prescripción de las tierras vendidas por los religiosos, por lo que en el año de 1653 se efectuó un deslinde de las tierras supuestamente vendidas por los Carmelitas y la causa fue para sanear el vicio del contrato de 1640, el cuál no tenía ni colindancias, ni los parajes que por ese deslinde quedaron como reconocidas a los Islava, en perjuicio de los de San Nicolás Totolapan y la Magdalena, y así mismo hay constancias en esos expedientes de la participación del duque de Monteleone como dueño del marquesado del Valle de Oaxaca el que adquirió por herencia, puesto que el tercero marqués del Valle, por cierto nacido en Cuernavaca, al igual que su padre es segundo de los marqueses no tuvo en su descendencia hijos varones, por lo que el marquesado pasó a su hija la que casó con el duque italiano de Montelongo, quedando para el duque el marquesado que ya se llamó el Estado del Marquesado del Valle. Dicho duque de Monteleone en todo tiempo reconoció la donación que del señorío de Coyoacán se dio a Ixtolinque.

Muchos pueblos resultaron despojados de sus tierras como ya dijimos, pero parafraseando a don Ponciano Arriaga, la causa celebre de los naturales de Totolapan, no pararía ahí, los que a pesar del deslinde de 1563, siguieron por siglos variadas causas contra los propietarios de la Hacienda de Eslava.

Cabe aclarar que el batán de Contreras creció y se legitimó en ese entonces, y si es que un acto ilícito se puede legitimar las tierras del batán de Contreras, pero se crearon otros ranchos y haciendas en las tierras del señorío de Coyoacán tanto en lo que ahora son Tlalpan, Magdalena Contreras, Coyoacán, Villa Álvaro Obregón y Cuajimalpa, así en base a la ilícita resolución del virrey, así en la Delegación de Tlalpan se encontraban la Hacienda de San Nicolás Eslava, la Hacienda de San Isidro el Arenal, el Rancho Teochihuitl, que fue adquirido por el curato de Tlalpan, y después afectado por la Ley de Desamortización y vendido por el gobierno a particulares, y la Hacienda de Peña Pobre. En lo que fue la delegación de Villa Álvaro obregón, se crearon la hacienda de Copilco, y varios molinos y el Rancho de puente de Sierra. En la delegación de la Magdalena Contreras, se crearon el Rancho de Ansaldo, la Hacienda de Guadalupe, el Rancho del Rosal, el rancho del toro. Y en Cuajimalpa se crearon muchos ranchos y haciendas, obviamente vendidos por los padres Carmelitas y reconocidos por las autoridades coloniales.

Como fuera la historia de estas celebres causas dan una idea de lo que ha acontecido a través de los años, donde la injusticia que aún persiste, se ha enseñoreado de esta nación, donde la constante es la ilegalidad, y además la corrupción al parecer, heredada del español dejan esta patria sin legalidad, por lo que al parecer estamos condenados al fracaso como nación.

Ya veremos que ha acontecido en esta patria mutilada, y golpeada, por veniales políticos en la continuación de esta causa celebre, que inició con un reconocimiento virreinal, pero que pronto por una ilícita resolución de un virrey dejó sin lo que de hecho es del indio, usufructuándola los invasores desde la Conquista.

Después del despojo virreinal a los indios del Marquesado del valle, existen constancias obviamente del Archivo General de la Nación donde consta que despojaron a los indios de Totolapan, la Magdalena y Cuajimalpa, y como dijimos se despacharon con la cuchara grande, pues las supuestas tierras adquiridas por Antonio de Islava fueron de 10,000 hectáreas o más, incluidos los llamados Montes de San Nicolás, y con tan enorme superficie los indios de San

Nicolás Totolapan y los de la Magdalena que en un inicio fueron del mismo pueblo, pero quizás con Tlaloque propio continuaron desarrollando su actividad, utilizando los bosques y las tierras del original paraje de Totolapan, cortando, sacando leña, y cultivando la tierra, lo que dio origen a nuevos conflictos entre los herederos de Antonio de Islava y los pueblos de San Nicolás Totolapan.

Esos litigios tardaron años en resolverse porque la justicia colonial marchaba lenta, pero según constancias de esos juicios en el año de 1712, por una resolución el corregidor Fernández de Cacho, puso en posesión de algunas tierras a los indios de San Nicolás y de la Magdalena que ya tenían para ese entonces sus propias autoridades independientes, pero que seguían la causa común de en pelea de sus tierras. Sin embargo como era de suponerse los hermanos de Islava apelaron ese acto y para variar resultó revocado y pusieron en posesión definitiva a los propietarios de la que se llamaría la Hacienda de Eslava.

Con motivo de la resolución de revista que nuevamente dejó sin tierra a los indios, se realizaron nuevas diligencias de encaminamiento y deslinde con la citación de las haciendas y pueblos circunvecinos a la Hacienda de Eslava.

Obviamente ese apeo y deslinde se basó en el anterior de 1853, consumándose el despojo.

Capítulo 6

Los religiosos al ataque

Entre tanto los naturales de los pueblos afectados peleaban contra los Islava, los padres carmelitas, hacían lo propio, los Ixtolinque acudiendo a los tribunales de la Real Audiencia, enfrascándose en una nulidad de la venta por las tierras que llamarón del Santo Desierto hoy conocido como Desierto de los leones, donde los Carmelitas construyeron un monasterio y adyacente un recinto para monjas retirándose según ellos del mundanal ruido y de las tentaciones mundanas, lo que parece falso ya que según se encontró un túnel que comunicaba ambos conventos y se asegura que se encontraron infinidad de fetos, cierto o no, eso se afirma en la zona.

Sabido de sobra es que los juicios por ese entonces eran eternos, y se sujetaban a la instancia de vista y luego de revista, por lo que iniciaron a principio de los años del siglo XVII y tuvieron que pasar verías generaciones de descendientes de Ixtolinque sin que se diera sentencia. De lo que se puede inferir de lo que queda de esos juicios en el archivo general de la nación, es que se pidió nulidad de la ilícita compraventa a favor de los Carmelitas y la restitución de las tierras llamadas por los indígenas como Tecuantitlán que significa lugar de fieras y por los peninsulares el Santo Desierto que hoy se conoce como Desierto de los Leones donde existen aún las ruinas de los viejos monasterios.

Las mañas delos procuradores de ese entonces, heredadas a los abogados de hoy, los llevaron a robar las Reales cedulas que obraban como pruebas de la propiedad que reconocieron los reyes de España a Ixtolinque, ya que eran pruebas contundentes de la propiedad originaria de D. Juan cacique, como se conoció a Ixtolinque, con lo que por años quedo sin sentencia el sumario respectivo y obvio las tierras del hoy desierto de los leones continuaron en posesión de los religiosos Carmelitas, resulta obvio que sin la autorización de los priores de la orden religiosa, las mañas de los procuradores, y los funcionarios oficiales de las audiencia, las Reales Cedulas nunca hubieran desaparecido del expediente.

Cuando todo parecía que en definitiva se había consumado el artero despojo, aparece en escena el mestizo que no indio como dijo D. Ponciano Arriaga, José Patiño Ixtolinque un hombre decidido a todo con tal de recuperar las tierras del Santo Desierto.

José Patiño Ixtolinque despojado de sus tierras aun siendo noble de alcurnia indígena, como fuera conocía el mundo colonial, acudió a un procurador ahora llamados abogados para que le dijera que hacer con el juicio insoluto que habían peleado por años sus antepasados, obvio como todo en este mundo occidentalizado nada es gratis y tuvo que iniciar pagando para que el procurador siquiera leyera el expediente y como son las cosas con los leguleyos, su respuesta fue la que ya sabía, que los documentos bases de las acciones que se intentaron, habían desaparecido y que no había nada que hacer pues de seguro eran las originales. A lo que dijo D. José:

_Señoría me han dicho que lo que hay que hacer siquiera para pensar en buscar en los archivos las Reales Cedulas, primero hay que demostrar que soy el auténtico heredero del cacicazgo, para siquiera poder imponerme en el expediente.

El procurador lo miró, comprendiendo que a pesar de la facha de indio no estaba frente aun totalmente ignorante y en efecto le tuvo que decir, que lo primero que se debería hacer era acreditar el entroncamiento, para que pudiera imponerse en el sumario.

Ese día iniciaría su viacrucis, porque lo primero que tenía que hacer era con pruebas demostrar que era derechohabiente de aquel indio conocido como D. Juan cacique, abocándose a reunir las pruebas y documentos necesarios para demostrar su derecho, siquiera para poder actuar en el mutilado juicio.

Como fuera reunió las pruebas de su legal entroncamiento con la asesoría de su procurador, obvio pagando los servicios profesionales del sujeto, lo que era por ese entonces un verdadero sacrificio, pues las tierras que le quedaron y que poseía de aquel enorme cacicazgo, apenas daban para mantenerse con su familia, pero estaba decidido a seguir la causa que el prócer Ponciano Arriaga la llamo célebre. El licenciado Ojeda logró probar el entroncamiento, facultando a su cliente para actuar en la corte de las mil y una vueltas, simplemente para notificarle que D. José era derechohabiente del vetusto juicio, pasarían meses para notificarles a los religiosos Carmelitas de esa situación, ya que la distancia de la capital al llamado Santo Desierto era considerable.

De hecho cuando los religiosos recibieron la notificación poco les importó la misma, sabedores que las cedulas habían desaparecido del expediente.

D. José Patiño Ixtolinque tuvo que gastar para que su procurador tratara de localizar una copia de las varias Reales Cedulas que acreditaban indubitablemente la propiedad, sin embargo después de una minuciosa e infructuosa búsqueda y de dinero mal gastado, el procurador tuvo que decirle a su cliente, que nada se podía hacer cuando menos en la Nueva España. Pero le dijo:

_Las Reales Cedulas fueron emitidas en la madre patria, quizás en los archivos del reino español haya algunas copias, pero entenderás que inútil será escribir, porque de seguro que no harán caso, es un asunto que hoy ya no tiene importancia para el rey español.

_Su señoría, le he pagado lo que me ha pedido, creo que su deber es escribir a la corte de su majestad, preguntando por esos documentos y exponiendo que fueron robados del expediente.

El licenciado Ojeda lo miró sabiendo que era lo menos que podía hacer, y lo despidió con la promesa de escribir lo conducente a la corte española, pero le dijo:

_José, tienes razón es lo menos que puedo hacer, pero no tengas alguna esperanza que la carta cuando llegue tenga una respuesta, no quiero darte falsas esperanzas.

_No las tendré, pero haré lo que sea para que esos religiosos veniales no se queden con mis tierras.

_Me da pena, pero el porte de la carta tiene un coste para que llegue a España, así que me tendrás que dejar el importe.

D. José haciendo de tripas corazón dejó los dineros confiando en que su procurador redactaría la carta. En efecto el licenciado envió la misiva y guardo el recibo por si volvía D. José para comprobar que había cumplido.

Coyoacán no estaba muy lejos, pero en aquellos tiempos no era fácil desplazarse a la capital, ya que tendría don José que tomar la calandria para llegar al centro de la capital donde despachaba el licenciado Ojeda, tres meses después como lo supuso el licenciado Ojeda se presentó D. José y comprobó su procurador que la carta había sido enviada, pero le reitero que estaba convencido que no habría respuesta.

El mestizo era porfiado y esperó vanamente la respuesta, y así tomó la decisión que será motivo de la segunda parte de esta historia.

Segunda Parte

Capítulo 7

Un cacique tepaneca en España

Un extraño personaje baja del barco carguero que ha atracado en Sevilla, donde alguna vez fue famoso. Porque de ahí salieron las tres carabelas del descubridor de América, Cristóbal Colón, pero no solo eso le dio fama, sino que al mismo Puerto de Palos llegó el conquistador de México Hernán Cortés cuando en el año de 1528 se presentó en España para enfrentar el juicio de residencia que le fincó el rey don Carlos de Austria, mejor conocido como Carlos V, pero de ese mismo puerto salió hacía el Perú el conquistador Francisco Pizarro.

En el Puerto de Palos hace un calor casi insoportable porque es pleno verano peninsular. Al descender por el andamio nuestro personaje, por su vestimenta los sevillanos lo miran con curiosa morbosidad porque de plano no es paisano, lo ven preguntándose de donde será ese extraño sujeto, el que porta un amplio calzón de manta, ya más gris que blanco y una camisola de la misma tela, trae sombrero de paja y un sarape de burda lana, tejido a rayas multicolores, el que carga al hombro derecho y que le ha servido de cama, y quizás le sirva de abrigo en el invierno, si es que para ese entonces, todavía está en España.

En realidad los sevillanos, y españoles que lo miran, no identifican, de donde proviene el extraño sujeto. En el puerto han visto toda clase de europeos, inclusive africanos, ya que España ha tenido territorios coloniales en áfrica desde tiempos del rey Felipe II hijo del que fuera el emperador sacro Carlos V, tales como el reino de Omán. Sin embargo no se imaginan que el sujeto al que no sin morbo miran es nativo de las Américas, y menos lo miran como oriundo de la Nueva España.

Nadie se imagina que proviene de Coyoacán, una plaza cercana a la ciudad de México, de la que acaso han escuchado porque ahí vivió el conquistador y en esa ciudad se fundó el segundo cabildo, que alguna vez fue la capital de la Nueva España.

Lo miran como bicho raro, porque a pesar de que muchos han escuchado historias de la colonia, no saben cómo visten los mestizos de las indias occidentales y eso les causa curiosidad.

El mestizo no va quitado de la pena porque siente las curiosas miradas y quisiera decirles a todos paisanos, porque aun siendo indígena mezclado, es tan español como el que más. De hecho es un noble español, aunque por sus ropas y su morena tez parezca más moro que español. Quisiera detenerse y gritarles que gracias a su antepasado el cacique don Juan Ixtolinque Guzmán han gozado los peninsulares de las riquezas, que ya por más de doscientos cincuenta años de conquista han disfrutado. No lo hace porque a pesar de ser mestizo no es idiota, y sabe que nadie ha escuchado hablar de su antecesor que le salvó la vida a Hernán Cortés cuando menos en dos ocasiones, y de no haber sido así, quizás otra historia se estaría contando, acerca de La conquista de la que todavía llaman la Nueva España.

En el andamio se detiene para ver la tierra peninsular que considera su patria, tratando de localizar con la mirada el Anfiteatro Romano, del que le habló su gachupo abuelo ya que era sevillano y que casó con su abuela doña Teresa la cacica de Coyoacán.

Por más que busca no ve el Circo Romano y en su memoria recordó lo que dijo su pariente respecto a los leones y cristianos, diciendo que no sabía quiénes eran peores, los indios mexicanos o los romanos, quisiera preguntarle a algún marino, por aquel circo de sus recuerdos.

Calla, y continua descendiendo del navío para iniciar su viacrucis para ir a pedirle justicia al rey de España, y por supuesto de la colonia, la que estima que tanto les ha dado a esos que lo señalan con el dedo y que no se imaginan que él mismo es un noble español gracias a la Cedula Real que por decreto de Carlos I de España y quinto de Alemania y su madre doña Juana de Zaragoza, le reconocieron a su antepasado como un noble peninsular.

Su viaje ha sido toda una hazaña por las condiciones en que José Patiño Guzmán Ixtolinque, que es su nombre, viajó a la madre patria. Salió de Coyoacán casi sin dinero y como pudo llegó a Veracruz, obviamente haciendo el camino, pagando el incómodo carruaje, que pagó a veces trabajando y otras mendigando ya que algunos se apiadaban de él al escuchar su historia, la que repetirá infinidad de veces, diciendo y probando con los papeles que lleva a España que es descendiente del que fue cacique de Coyoacán en tiempos del conquistador, lo que es cierto, ya que es descendiente de don Juan Guzmán Ixtolinque al que el emperador don Carlos le concediera título de Nobleza y escudo de Armas, y ordenó que se le respetara sus tierras como las tenía desde tiempos de su gentilidad, el que también fue amigo y siervo del gran Marques del Valle de Oaxaca, don Hernando Cortés.

Para realizar su hazaña el indígena mestizo, desde México tuvo que decirles a todos con orgullo cómo salvó su ancestro al conquistador en la llamada noche triste, y en Cuernavaca, y tuvo que platicar acerca de la amistad sincera que lo unió con Hernán Cortés. En ese momento no lo dice, pero más tarde relatará la historia y mostrará sus papeles, con lo que obtiene algunas monedas para continuar su viaje.

José Patiño también le cuenta a quien esté dispuesto a escuchar su historia, para lograr que le den comida o una moneda para pasar las noches en tanto logra que un barco lo lleve a España. En ocasiones se quedó en cualquier zaguán a dormir tapándose con su sarape que utiliza de cama, pero a base de tesón llegó al fin al Puerto de Veracruz, donde averiguó cuales barcos se dirigían a España. Recordando como tuvo que suplicarle al capitán español Pedro Vázquez el motivo de su viaje, diciéndole:

_Señor mío, suplico su ayuda y caridad, necesito ir a España a ver al rey Carlos Tercero – Dice el indígena mestizo. El capitán Español lo mira y al ver su facha de indio de tierra adentro ríe y le dice:

_No será como deseas, no podrás ver al rey Carlos III porque ya murió y quien es rey de España desde hace un tiempo, es Carlos IV otro de esos reyes afrancesados de la casa de Borbón. Lo que por supuesto no entiende don José, ya que la sucesión española de reyes es ajena a su vida, él tan solo sabe que él es español y noble, pero nació en la colonia, y nada sabe acerca de la política continental de esa Europa tan lejana para él. Por lo que pregunta con simpleza:

_Quienes son los Borbones. Por respuesta, simplemente le dice el capitán:

_Son reyes, descendientes de Carlos de Valois que fue rey de Constantinopla sin trono y fue hermano del rey Felipe el hermoso, el francés, que nada tenía que ver con el abuelo del emperador Carlos quinto, ya que su abuelo fue otro Felipe el hermoso pero flamenco, pero debido a las taras de los Austria Habsburgo hoy nos gobiernan los Borbones, pero eso no debe de interesarte, fuere quien fuere el rey será casi imposible, que lo veas. Si quieres mi ayuda mejor te daré un consejo, regresa por donde viniste ya que los reyes no reciben a cualquiera que le pida audiencia.

Al capitán Español el indígena le causa gracia, y pensando en que el monarca nunca se dignará a recibirlo, le pregunta con curiosidad:

_ ¿Y puedo saber, para qué quieres ver al monarca?

_Señor mío, voy a rogarle que se me haga justicia, aquí en esta Nueva España y a pedir su ayuda. Tan solo él puede hacer justicia en mi caso. En la Nueva España no se da la justicia y por lo tanto tengo que recurrir al rey, es el único que puede ponerle remedio a la Real Audiencia que ha actuado venialmente en contra mía.- Le dice don José al capitán, demostrando que es mestizo más no ignorante a pesar de vestir como indígena.

El capitán del barco se soba la barba, y lo mira como si le estuviera mintiendo, entonces le pregunta:

_ ¿Es verdad lo que me dices? Porque si me estas tomando el pelo yo mismo te azotaré.

_Mi señor, en verdad voy a la capital del reino. Si el Rey no me hace justicia, nadie en la Nueva España lo hará. He gastado todo lo que tenía en abogados, ellos han ganado para mi causa los juicios de vista y de revista. Pero lo que aconteció es que con la complacencia de los oidores, la contraparte sustrajo del legajo de los sumarios las Reales Cedulas, en que consta que los reyes de España le reconocieron las tierras a mi antepasado don Juan cacique de Coyoacán.- Explica el mestizo. El capitán lo mira directamente a los ojos, y le dice:

_Te creo, porque he escuchado que en estas tierras no hay justicia y que las Ordenanzas de Indias no se cumplen y que cada quien hace aquí lo que le pega su real gana. De por si la justicia es difícil de obtener aun en la Madre Patria, pero al parecer en estas tierras es imposible. No quiero influir en tu decisión, pero en verdad no creo que siquiera el Rey se digne siquiera a verte, porque el Rey no gobierna sino que la reina es quien lo hace y ella es veleidosa. ¿Qué le dirás? En caso de que puedas entrevistarte con ella.- Pregunta con evidente curiosidad el peninsular.

_Le diré la verdad sobre la Real Audiencia y le explicaré que después de demostrar en los juicios, que los religiosos carmelitas birlaron los terrenos que el Rey de España don Carlos de Austria le reconoció a Don Juan Ixtolinque señor de Coyoacán que por derecho de sucesión y entroncamiento me pertenecen. Es el caso que instauré juicio de reivindicación y resulta que alguien sustrajo los títulos otorgados por el rey Carlos de Austria y con ese pretexto me niegan el derecho que tengo por sucesión de lo que fue el Señorío Tepaneca de Coyoacán, el que ahora me pertenece por legal sucesión.

El capitán piensa que si la historia es cierta, lo ayudará, entonces le pregunta:

_ ¿Tienes alguna prueba, de que es verdad lo que dices? - Dice mirándolo acuciosamente.

_Por supuesto, señor mío.

Don José toma con las manos el morral que carga al hombro, y saca varios papeles, entre ellos muestra los papeles que acreditan su entroncamiento con el que llamaron simplemente don Juan cacique y también muestra las sentencias que le acreditan que hay reconocimientos legal a su favor como descendiente de don Juan Ixtolinque, además muestra las sentencias, las que declaran como fraudulentas las adquisiciones de las tierras que reclama, refiriéndose los papeles a las reales cédulas emitidas tanto por el rey Carlos I y por su hijo Felipe II confirmando el señorío de Coyoacán en propiedad de Don Juan cacique. El capitán Vázquez levanta las cejas admirado, para saciar su curiosidad le pregunta al cacique sucesor:

_ ¿Cuánta tierra es la que reclamas? Porque supongo que esa tierra valdrá la pena para realizar tan largo viaje a España, y debe ser por en las condiciones en que pretendes ir.

_La dotación original a mi antepasado, fue de más 640 caballerías de tierra (unas 27,000 hectáreas) Según las Reales Cedulas que se robaron del expediente de los juicios, eran las tierras que dieran en cuadro desde los montes del Ajusco por el sur y por el norte el camino antiguo que iba de Coyoacán a México cuando el Lago de Texcoco no había sido desecado, o sea hasta casi el cerrillo del Chapulín que los indígenas todavía llaman Chapultepec. Por el oriente estaba el Lago de Texcoco, y las tierras reconocidas llegaban hasta la ribera, y por el poniente los montes, incluida, las tierras de la llamada Cuaximalpan, pero en este litigio peleo las tierras del llamado Santo Desierto al que los indígenas llaman Tecuantitlán, que significa lugar de fieras. Son varios cientos de caballerías de tierra, pero si logro justicia del rey haré muchos reclamos más. Será un gran asunto, aunque ya no tengo plata para pagar juristas, por eso requiero señor mío su ayuda y caridad. No tengo para pagar el viaje pero a cambio del mismo puedo trabajar limpiando y haciendo cualquier actividad, así pagaré el viaje. – El capitán se conmueve y acepta, diciéndole:

_Trabajarás durante el día y espero que seas un hombre recio y que no sufras de mareos ni de vómito. Pero por las noches que serán muchas durante el trayecto quiero que me relates tu historia. Si es cierta tengo algunos amigos que quizá te puedan ayudar para que logres siquiera hablar con el favorito de la reina, Godoy. – Dice sonriendo el capitán.

_ ¿Quién es ese Godoy? – Le pregunta el indio.

_No repitas lo que diré, ni a tu madre. Ese Godoy es quien controla el gobierno, no el Rey que es otro inútil como sus inmediatos antecesores, y las malas lenguas dicen que Godoy es quien le calienta la cama a la reina María Luisa de Parma. Esa pareja gobierna el reino, así que el rey sólo firma, ni el sello pone. – Dice el capitán y añade:

_Aborda el navío y dormirás en las bodegas, la comida es magra, si aun así deseas hacer el viaje adelante. Pero más te vale que tu historia sea divertida para que la relates por las noches antes de descansar, porque créeme que si algo es tedioso es un largo tiempo en alta mar.
_Por supuesto capitán, estaré siempre agradecido con su merced y verá que la historia de este asunto es divertida y dramática, la que le hará pasar divertidas noches.- Asegura el indígena.

El viajero limpió, y lavó la cubierta, comió en efecto muy poco y por las noches ante el capitán y algunos marineros explicó la historia de cómo su antepasado fue reconocido como noble español, diciendo:

_Lo que les voy a contar en verdad aconteció y juro por la Virgencita de Guadalupe que todo es cierto. Todo inició cuando los españoles arribaron a las costas de esta Nueva España, y como de seguro han de saber el jefe de esa expedición era el gran capitán don Hernán Cortés, al que dios tenga en su santa gloria. Aconteció que todos en la gran Tenochtitlán supieron que desembarcaron en las costas del Imperio de Moctezuma Xocoyotzin. Mi antepasado, Ixtolinque lo supo también y como no estaba a gusto con los mexica, buscó la manera de aliarse al capitán español... Lo interrumpe el capitán, Diciendo:

_Primero explica quien fue tu antepasado, y para que estos baturros entiendan porqué vas con nosotros a España. Don José Patiño sonríe y reanuda su relato diciendo:

_Mi antepasado fue el cacique Ixtolinque de Coyoacán, que lo fue desde tiempo anterior a la hazaña de Cortés. Él era tepaneca de rancia sepa, aunque algún español se atrevió a decir que era hijo de Cuauhpopoca señor de Nautla, el que mató a seis españoles y entre ellos al capitán Escalante. Eso es una falsedad, ya que Ixtolinque fue descendiente de Xólotl, que fue mítico emperador Tepaneca. Ixtolinque desde que supo que arribó el capitán Hernán Cortés envió embajada para lograr la alianza, la que fraguó y como no, el conquistador era como coyote muy sagaz y avispado, esto es, de inmediato aceptó la buena oportunidad que se le presentaba

En realidad Ixtolinque aprovechó la presencia de los españoles para librarse de la tiranía mexicana. Supongo que saben a qué me refiero, lo que evidentemente logró al caer la gran Tenochtitlán.

Alguno de los marinos gachupines no tenían ni idea de lo acontecido en la época prehispánica, por lo que preguntaron qué pasaba por ese entonces. Don José Patiño relató lo que fue la tiranía de los llamados Aztecas y siendo beneficiario su antecesor de los españoles, relató con lujo de detalle los sacrificios humanos, que realizaban los mexicas para alimentar a su dios Huitzilopochtli con los corazones de los sacrificados, y dijo que era obligación de los tributantes en ocasiones entregar a algunos jóvenes para sacrificarlos en el templo mayor de su dios, en el Teocali, en la piedra de los sacrificios. Ese relato dejo anonadados a los ignorantes marinos, pero recordando la advertencia del capitán don José Patiño quiso admirarlos más como un medio de diversión para complacer al amable capitán, y así contó, lo que era cierto, que después de sacrificado el sujeto que se ofrendaba como flor, nada de él se desperdiciaba puesto que la piel se aprovechaba para muchas cosas, las vísceras servían de alimento para los perros, y dejó para el final lo mejor, que era que al sacrificado se lo comían los Aztecas, aclarando que lo guisaban en tamales y en pozole. Es relato hizo que alguno de los marinos con admiración gritara caníbales y obviamente los marinos se enfrascaron en comentar la bárbara costumbre, por lo que don José también se divertía viendo la reacción de los marineros.
Obviamente que después de discutir entre ellos lo relativo a la antropofagia, alguno de ellos dijo:

_ De entrada, yo pensé que vos descendíais de un traidor, pero con la historia de esos salvajes está más que justificado que ese Ixtolinque se haya unido al gran conquistador.

Don José evitó decir que eran tan caníbales los Tepanecas como todos los habitantes de Mesoamérica, no quiso decir que el también descendía de un salvaje y ya no quiso entrar en detalles, y entonces aclaró:

_Entre mi pariente y el capitán conquistador nació una gran amistad, ya que el indio Tepaneca inclusive le salvó la vida al gran capitán en dos ocasiones cuando menos, una en la llamada noche triste y otra en la ciudad de Cuernavaca, por lo que el marqués prometió restituirle su señorío a Ixtolinque como lo tenía desde su gentilidad. Cosa que cumplió el conquistador, por lo que fue reconocido por el conquistador y el rey D. Carlos, otorgándole en propiedad el señorío de Coyoacán cercano a la capital México. Él donó tierras a los indígenas que fungieron como sus aliados de las cuales todavía conservan algunas extensiones pero con muchos problemas. Pero desde el año 1647 del señor Jesucristo fueron despojados de ellas por una de esas resoluciones ilegales emitidas por la Real Audiencia.
En ese año, a raíz de un conflicto entre los naturales de las tierras cercanas al Ajusco, de las que eran propietarios por reconocimiento expreso de mi antepasado don Juan cacique, y del Marques del valle don Hernando Cortés, al que Dios lo tenga en su santa gloria. Unos españoles haciendo trampa les quitaron parte de sus Tierras, las que reclamaron y esa Real Audiencia dictó violando las leyes de indias una resolución donde dijeron, que ya muertos los indios beneficiarios del marquesado las tierras que fueron de Cortés pasaban a propiedad del Fisco Real, y ya se imaginaran que hicieron estupendos negocios con el despojo de esas tierras.

_Es cuento viejo, eso que decís de los curas, y de los religiosos, ya que ellos con una mano muestran la Biblia y con la otra se agarran la cola de Satanás.- Lo mira don José Patiño y se anima a contar un poco más, acerca de la historia de las tierras de Coyoacán, diciendo.

_La verdad es que mi antepasado Ixtolinque al igual que el gran capitán Hernán Cortés, que Dios lo tenga en su Gloria, fue agradecido con sus leales aliados de los pueblos de Coyoacán que lucharon contra los Mexicas durante la Conquista y les reconoció tierras en heredad a los indios de los pueblos para la refundación de sus comunidades, de lo que hicieron memoriales en sus escritos de esos que hacían con dibujos y que llamamos ahora códices

_ Entonces no todo es de tus heredades, sino de los indios, o qué ¿también se los birlaron los religiosos?- Pregunta el Capitán del barco.

_Esa es parte de la misma historia. Como dije les dieron tierras a los indios, obviamente avaladas por el rey de España Don Carlos I y por su madre la reina de España, doña Juana de Zaragoza, pero aconteció cuando apareció un usurpador, que se decía pariente del heredero primario de don Juan cacique, sin derecho alguno, vendió a unos españoles las tierras de los indios, y una donación que Ixtolinque hizo a su hermana de tierras en el Señorío de Coyoacán situadas en Copilco y Chimalistac. Con respeto a los españoles, eran voraces y ellos fraguaron la ilícita venta convenciendo a un tal indio que se decía descendiente de Ixtolinque llamado, Juan hidalgo Guzmán, que en contubernio con esos españoles vendió tierras y eso provocó litigios donde

inclusive mi antecesor la casica de Coyoacán Teresa Ixtolinque quien casó con peninsular, entabló litigió, obteniendo sentencia de vista y revista a favor de ella nulificando los tratos del dicho Juan Hidalgo Guzmán.
_Entonces no entiendo este entuerto, ya que voz decís, que vas a clamar justicia al rey de España.- Dice descontrolado el capitán.

_ Precisamente alego eso y otras cuestiones más. Por un lado los indios de muchas de las tierras donadas por Ixtolinque acudieron a la Real Audiencia de indias y fueron indios de las fundaciones de sus nuevos pueblos, inclusive de Los Reyes Coyoacán, pero como les dije hubo favoritismos a los peninsulares, dictándose el atroz fallo en el año del señor de 1647, diciendo que como los indios beneficiarios originales habían muerto, ya que habían pasado más de cien años, las tierras del marquesado reconocidas a ellos pasaban al Real Fisco, y con eso alegando prescripción la resolución confirmo el despojo a los pobres indios, que aunque se defendieron por años no han podido lograr que les reivindiquen las tierras, que por Derecho tanto originario como derivado del rey, conquistador, y cacique, les otorgaron como suyas.

_ Sigo sin entender este lío. Habéis dicho, que quienes birlaron los terrenos tuyos fueron los Carmelitas. ¿Cuándo aconteció eso? – Pegunta el capitán Vázquez.

_ Como dije, el tal Juan Hidalgo Guzmán le vendió ilícitamente tierras a unos españoles y ellos se quedaron con una parte para poner un batan que hoy se llama batan de Contreras y otras tierras en el Ajusco se las vendió a un tal capitán Sosa Perea, y lo que solo el Diablo sabe es que por supuestos adeudos ese capitán fue embargado y rematadas las tierras, que resultó que se adjudicaron a los Religiosos Carmelitas de San ángel antes llamado San Jacinto.

_Joder. – Exclama un marino y añade – Dijiste, que se había declarado nula la venta que realizó el tal Juan Hidalgo Guzmán. Sin ser leguleyo, supongo que debió de ser declarada sin efectos esa adjudicación.

_ Obviamente eso debió ser, pero la Real Audiencia protegió como era de esperarse a los religiosos, los que vendieron parte de las tierras birladas aun tal Antonio de Islava al que demandaron los indios de Totolapan.
Aquí entra lo más escabroso de ese robo, porque el titulo con que adquirió el tal Sosa Perea y que se adjudicó a los Padres Carmelitas no especificaba las tierras vendidas ilegalmente a Sosa Perea, no se podía saber cuáles eran y de ahí se aprovecharon los Carmelitas para quedarse con el Santo Desierto ubicado en Cuajimalpa y otras tierras obviamente se las quedaron y los han protegido por siglos las autoridades virreinales.
Esa historia de despojo y de rapiña, se repetiría con mi familia, ya que se apoderaron ilícitamente los Religiosos Carmelitas de San Ángel de las tierras que hoy llaman como el Santo Desierto, por lo que clamando justicia, acudí ante la Real Audiencia solicitando me sea devuelto el mayorazgo a que tengo derecho.
A mis antepasados los Padres Carmelitas les birlaron sus tierras, engañando, y engañándose a sí mismos, porque convencieron a un pariente sin derecho alguno al cacicazgo que les transfiriera todo el señorío de Coyoacán. Con eso

vendieron varias fracciones de tierra, creando haciendas y perjudicando a los indios. Todo fue planeado por los Padres Carmelitas de San Jacinto al que hoy llaman San Ángel, y las tierras de mi señorío de Coyoacán que están ubicadas a unas cuantas leguas de la capital. Los religiosos con la complacencia de la Audiencia vendieron las tierras para formar ranchos y haciendas por toda la región.

Los naturales que fueron aliados de mi antepasado y del capitán Cortés sufrieron el despojo de 1647 por medio de una resolución ilícita obligándolos al perpetuo silencio, porque la Audiencia estimó que todos los naturales indígenas hijos de los indios a que beneficiaba la donación que les hizo mi antepasado, no podían heredarlas ni transmitirlas a sus herederos, y por esa causa dijo la audiencia que los indios naturales a los que les reconoció la propiedad como comunidad, ya no tenían ningún derecho. Por supuesto que pelearon y se rebelaron pero con el tiempo nada lograron. El ejército gachupín aumentó y ya nada pudieron hacer. Los carmelitas con la complicidad de los oidores vendieron muchas tierras perjudicando a los naturales de las tierras del Ajusco, que están ubicadas al sur de la ciudad de México.

Entre los gachupines hubo innumerables litigios, por los linderos de esas ventas de los carmelitas, todas realizadas con engaños y complicidad de los virreyes y de la Real Audiencia. Los naturales del pueblo de Totolapan en Santa María Magdalena siguieron juicio tan sólo para ser vencidos, con la participación de los religiosos carmelitas en 1714, aun presentando sus títulos en códices y comprobando que las tierras, las otorgó mi antepasado don Juan cacique de Coyoacán con el reconocimiento del gran Capitán Hernán Cortés que era el señor, el Gran señor de todo el llamado

marquesado del Valle de Oaxaca, del que era siervo vasallo y amigo del mencionado don Juan.
Mí antepasada la hija de don Juan, llamada Teresa sé que quedó como cacique de Coyoacán, la que casó con un español y ella emprendió juicio contra el Colegio de religiosos de Santa Ana, los carmelitas que vendieron tierras a un boticario español llamado Antonio de Islava. Pleito que quedó inconcluso y que yo retomé. Pero al desaparecer las Reales Cédulas de los legajos tengo que ver al rey, para que de acuerdo a los reales archivos se me expida constancia de las Reales Cédulas, las que emitió el rey Don Carlos I y su madre doña Juana de Zaragoza, para apelar al ilícito fallo, el que aduce que no están las Cedulas Reales referidas, y juro que estaban, pero con la complicidad de los oidores las robaron, y me han despojado de lo que legalmente me corresponde como heredero de los anteriores caciques de Coyoacán.

El capitán del barco don Pedro Vázquez se muestra contrariado por lo que ha dicho el indio, y en su ir y venir había escuchado muchas cosas acerca de la conducta venial de las autoridades de la Nueva España. Pero también piensa, que el mestizo, don José Patiño deberá tener mucha suerte, siquiera para poder hablar con Godoy, por lo que queriéndolo ubicar en la realidad le dice:

_La verdad, necesitarás mucha suerte, siquiera para exponer tú caso ante algún funcionario menor del reino. No te quiero decepcionar, pero parece una cuestión casi imposible. – Dice el capitán y añade: ¿Cómo fue eso de que el cacique de Coyoacán salvo la vida de don Hernando Cortés? Eso sí que es noticia, porque en España consideramos que un puñado de españoles, lograron vencer a decenas de miles de esos indios antepasados tuyos, los que habitaban la gran Tenochtitlán.

_Antes de relatarte esa historia, quiero aclárate que no soy indio puro, sino mestizo, ya que mi rica abuela, caso con peninsular, y después otros de mis antepasados casaron con criollas, como sea la riqueza hace al indio bello.

Pero también debo aclararles que los indios derrotados no eran mis antepasados, porque aunque todos eran indios como ustedes les llaman pertenecían a diferentes tribus, y unos eran mexica y otro no lo eran, y yo desciendo de la más granada estirpe tepaneca, los que antes de los mexica fueron los señores del lugar. Mi abuelo el cacique de Coyoacán descendía del gran señor Tezozómoc, el que fue amo y señor del llamado Señorío e Imperio de Azcapotzalco, cuyo asiento estaba al norte de lo que hoy es la Ciudad de México, anteriormente llamada Tenochtitlán.

Mi antepasado Ixtolinque fue Señor de Coyoacán, desde antes de que el conquistador llegara a la Nueva España. Él era descendiente de la rancia estirpe de los Tepaneca los que por mucho tiempo señorearon el Valle de Anáhuac. Soy como ya dije descendiente del emperador Xólotl y por supuesto de Tezozómoc, que fue emperador y rey de Azcapotzalco.

En sus tiempos Tezozómoc, designaba a los señores de las provincias, las que de acuerdo a la tradición Tepaneca eran los hijos del gran señor. Por ese entonces murió Tezozómoc y su hijo, el segundo de ellos llamado Maxtla que era el señor de Coyoacán quería el trono de su padre. Pero él no tenía derecho a heredar el Imperio, le correspondía al primogénito llamado Tayatzin. Entonces el ambicioso Maxtla a traición hizo matar a su hermano y usurpó el trono. Por supuesto no

todos los tepaneca aceptaron a Maxtla que por demás era vengativo, por lo que ordenó aprisionar a su sobrino Chimalpopoca, que era el señor de los Mexica y a su jurado enemigo el joven señor de los Acolhua Netzahualcóyotl, con lo que logró que se formara una gran alianza en su contra. Se unieron los señoríos de los mexica con los de Acolhuacán, los Tepaneca de Tlacopan, indios de Tlatelolco, y también los apoyaron los tlaxcaltecas y sus aliados. Después de cruentas batallas al fin fue derrotado el tirano Maxtla, que fue aprisionado y sacrificado, e inició el dominio de una triple alianza pactada entre los mexica, los acolhuas, y los tepanecas de Tlacopan.
El panorama político cambió y el imperio tepaneca fue desmembrado, quedando los señoríos aliados a Maxtla como tributarios de la triple alianza vencedora. En Coyoacán quedó de Señor, Maxtlatón que fue sobrino de Maxtla y nieto de Tezozómoc, de este señor descendió el cacique Ixtolinque directamente, y resultó que Maxtlatón afrentó a los Mexica y se hizo la guerra, en la que resultaron vencedores los Mexica, siendo también sacrificado Maxtlatón.
La tradición tepaneca era la de heredar el trono al primogénito y así designaron al que se conoció como el viejo Ixtolinque que en este idioma Español quiere decir Zopilote Tiznado. Ese gran señor de Coyoacán fue el iniciador de la dinastía de señores de Coyoacán bajo el dominio de los mexica. De inmediato la dominación inició con fuertes tributos y desaparecieron el gran tianguis de Coyoacán que era la principal fuente de riqueza del señorío, lo peor es que los sanguinarios mexica exigían continuamente jóvenes para sacrificarlos a su dios Huitzilopochtli lo que provocaba disgusto entre los sucesivos señores de Coyoacán. Cuando

llegó Hernán Cortés de inmediato Ixtolinque, el que se bautizó como Don Juan Ixtolinque y Guzmán, en secreto ofreció su alianza a los españoles. Cuando Cortés quiso huir en la llamada noche tiste se encontró varado en las cortaduras de la calzada y estando ya a punto de la derrota total fue salvado por el Señor Ixtolinque, el que en ese momento tomó por asalto el fuerte Xóloc obligando a los mexica a atacarlo, permitiendo a los españoles huir a pesar de las bajas, y así salvo la vida del gran capitán don Hernando Cortés, y gracias a eso logró escapar con muchos de los suyos de la gran Tenochtitlán, la gran derrota...Lo interrumpe el capitán Don Pedro Vázquez, diciéndole:
_ ¿Quieres decirme que la Conquista se le debe a ese indio?

Pregunta entre admirado y molesto, porque como fuera es español y siente que lo que está diciendo don José Patiño le resta méritos a la que considera la gran hazaña de los españoles.- Don José Patiño nota el tono duro del capitán español y de inmediato le aclara:

_Capitán, no estoy afirmando que la Conquista se dio gracias a Ixtolinque, sino que prestó tal y como dicen las Cedulas Reales grandes servicios a Hernán Cortés. Te estoy explicando por qué los reyes españoles le otorgaron las mercedes y su reconocimiento como noble peninsular, con título de cacique reconocido por nuestra nacionalidad, pero no afirmo nada más.

La plática se cortó por ese día y aunque quedó lo suficientemente aclarado el asunto, ya no continuaron la historia porque el capitán pretextó que ya era hora de dormir.

Los días en altamar pasan, y contará don José Patiño muchas historias de familia y una versión personal de lo que ocurrió en la Conquista. Sin embargo don José Patiño, evitará relatar como Ixtolinque salvo en Cuernavaca la vida del conquistador al rescatarlo cuando ya lo tenían prendido. Dirá que fue una carnicería la que se realizó en la toma de Tenochtitlán donde los mexica que quedaron vivos fueron sacrificados a los dioses tlaxcaltecas y por supuesto comidos por ellos, lo que provoco una nueva protesta del capitán que dijo:

_Mentís, el cristiano capitán Cortés no permitiría tal práctica anticristiana del canibalismo, se hubiera opuesto a ella.- Don Pedro Patiño lo miró, sonrió, y le dijo:

_De seguro que se opuso, pero había mucho odio acumulado y esa era la hora de la venganza de pueblos sojuzgados por los sanguinarios mexica.

El capitán don Pedro se queda pensando y después de meditar entiende que en realidad Hernán Cortés no tenia de otra si quería en verdad consolidar la Conquista, y acepta, que bien pudo haber sido cierto lo que dijo don José Patiño, por lo que con una sonrisa complaciente se despide para ir a dormir.

Capítulo 8

Un indio en el escorial

José Patiño Guzmán Ixtolinque camina sin hacer caso a las risitas y señalamientos que hacen de él, en la que considera su patria ya que ha sido educado como mestizo y por curas Francisanos en Coyoacán. Él es como dicen indio, pero sabe leer y escribir, ya no en náhuatl como sus antepasados pero si en castellano.

Al pisar la tierra de Sevilla piensa en su próximo viaje y se pregunta cómo llegar al Escorial, el suntuoso palacio que construyó Felipe II gracias al oro y la plata, que obtuvo del Perú y de la Nueva España.

No trae dinero, ni siquiera para lo más mínimo, tan sólo algunos maravedís que le regaló al despedirse el capitán Vázquez. Piensa en que buscará como ganarse el alimento para continuar su casi imposible viaje por España. La ventaja que tiene don José Patiño es que llega a una España banal, donde hay mucho oro y pocos trabajan. Tiene presente lo que le dijo el capitán Vázquez, que trabajo sobra y que no le será difícil encontrarlo. Pero le ha advertido que obtendrá los peores empleos, los que los españoles se niegan a hacer. Don José Patiño ha dicho que eso no le importa y que su prioridad es llegar al palacio del Escorial, así que realizando los peores empleos en los que trabaja de sol a sol, e inclusive después de su jornal tiene que asear hasta los bacines de sus patrones, donde el pago principal por el jornal son los alimentos y le dan algunos duros, los que ahorra y así logra ganarse la vida y ahorrar algunas monedas para así poder moverse hacia Madrid.

Después de votar orinales y excrementos de los patrones, al fin parece cambiar su suerte porque don José Patiño es contratado por un comerciante en telas que lo utiliza como cargador, y platicando un poco acerca de su historia y quien es intriga al comerciante, que de alguna manera se apiada de él y así acepta el comerciante que vaya con él a Madrid.

Trabaja con el comerciante unos días durante el trayecto, viajando sobre el carruaje de su patrón al que le carga la mercancía en los pueblos que visita el comerciante. Don José Patiño tiene la oportunidad de conocer los pueblos y aldeas de España, los que en realidad no le parecen tan distintos a los que vio en la Nueva España durante su trayecto hacia Veracruz, así conociendo España, donde hay por doquier templos e iglesias llega a Madrid, ciudad que evidentemente es superior a lo que conoce de la capital colonial. Don José se admira de los palacios y de sus plazas, y el siguiente domingo como buen cristiano va a misa a dar gracias a Dios por permitirle llegar con vida al corazón de la patria, y da también gracias al Señor porque como fuera no ha padecido hambres, lo que de alguna manera se lo debe al comerciante. También ha conocido lo que en realidad acontece en la Colonia. Todavía don José trabaja durante varios días con el comerciante en Madrid y cuando el patrón regresa a Sevilla se queda solo a su suerte en una ciudad cosmopolita vestido como indígena de su tiempo, pero cuando menos logra lavar sus ropas y la muda de ropa que guarda en su morral, que es con la que piensa presentarse en el magnífico palacio del Escorial. Son ropas de fieltro y calzas al estilo peninsular acordes a la moda que se utiliza en la Nueva España, como fuera vestido con esas ropas su ya lejana sangre indígena se oculta, aunque don José no pude sentirse cómodo y en realidad se siente payo. Los españoles lo miran como si fuera turco o de plano morisco.

En realidad don José se siente español porque el desciende de doña Teresa Ixtolinque, la que fue descendiente de don Juan cacique, como le llamaban al noble Juan Ixtolinque y Guzmán, al que por instancias del conquistador le otorgaron los reyes de España título de nobleza y escudo de armas. Doña Teresa casó con peninsular y su hijo con criolla y su nieto también, así que poca sangre Tepaneca corría en realidad por sus venas, lo que lo delataba como indígena en realidad eran sus costumbres campiranas. Pero en verdad no era tan rustico, inclusive su esposa era lejanamente mestiza y parecía criolla.

Era Don José Patiño, como les llamaban en la Nueva España a esos indios con pinta de español, un indio ladino. Pero cuando hablaban con él se sorprendían, porque además de aclarar que tenía el derecho inalienable de anteponer la palabra don, había sido educado por religiosos Franciscanos, y tenía tanta o más, cultura, y conocimientos que la mayoría de los peninsulares en la Nueva España, razón por la que reinició sus litigios por el llamado Santo Desierto que ilícitamente detentaban los padres Carmelitas, lo que a la larga lo llevaría a la quiebra, porque nada había conseguido, pues ya desde ese entonces las autoridades judiciales se vendían al mejor postor o defendían con descaro al influyente, y en un estado donde la iglesia era parte del binomio gobernante, por lo que poco había logrado. Para evitar que tuviera la razón en los litigios convenientemente para los religiosos se habían perdido los títulos, plasmados en las Reales Cedulas que el cacique heredero había aportado como pruebas indubitables de su propiedad.

Don José Patiño con lo poco de dinero que le pagó el comerciante compra queso, pan, y vino para tener que comer durante el trayecto y estancia en el palacio del Escorial, del que le han hablado y le han dicho que es el impresionante Palacio Real, el cual tiene una basílica, un panteón, y una biblioteca, y un monasterio en poco más de tres hectáreas de terreno, y sabe que le llaman san Lorenzo El Escorial, pero del que a pesar de lo que ha escuchado, ni siquiera por su mente pasa su magnificencia.

Temprano por la mañana al despuntar el alba inicia su viaje por la ruta que le han indicado algunos españoles que lo han mirado como bicho raro y que se hacen cruces corazón preguntándose, qué hace ese sujeto tan extraño y para que quiere ir al palacio real.

Cuando el indio ve en la lejanía el suntuoso palacio del Escorial queda admirado, ni en sus sueños pudo imaginar una obra de tal magnitud. Se queda impávido sin saber qué hacer y comprende las palabras del capitán Vázquez cuando le advirtió que sería casi imposible que pudiera ver al rey. Recuerda que él pensó que el capitán del navío exageraba. Pero ahora que lo mira, lo compara con el palacio virreinal que él ha visto en la ciudad de México y que fue alguna vez el palacio de Moctezuma, después propiedad del conquistador, para ser reconstruido después del año de 1692 de la cuenta del Señor. Ahora al compararlo con la imponente obra del Escorial, en ese momento comprende en su debida proporción quien en verdad es el rey de España, y se convence que en realidad será muy difícil que logre siquiera de lejos verlo. Sin embargo se dice que no ha hecho el viaje en balde, y si tiene que morir a la puerta del gran palacio, lo hará. Trae tan sólo un poco de pan y queso para comer quizás tres días, entonces se cambia de ropa a pleno campo y sigue su camino para llegar a las puertas del palacio real, en su mente resuena: - Difícilmente, podrás ver al rey... Palabras que le dijo el capitán del barco.

Preocupado y nervioso al fin llega a la puerta donde dos guardias reales le impiden el paso. Ellos lo miran de arriba abajo, a pesar de ir con sus ropas perfectamente limpias y a la usanza peninsular para la ocasión, sin embargo ni siquiera lo escuchan los guardias porque evidentemente no es un caballero literalmente hablando, él llega a pie, sin espada, y sin toisón al pecho, pareciendo simplemente un turco por su tez morena, la que lo delata como extranjero. Por supuesto los guardias se dan cuenta de que don José Patiño es un don nadie, el que nada tiene, según ellos que hacer a las puertas del magnífico palacio del Escorial.

El cacique don José Patiño se queda esperando en la puerta, ve entrar carruajes y salir otros, llegan caballeros y salen continuamente sin que nadie le tire un lazo. Ahí espera, hasta que se da el cambio de guardia a los que solicita nuevamente ver al rey, tampoco recibe respuesta. Se queda con la desilusión lacrada en el rostro y se sienta donde lo puedan ver los guardias, esperando que al ver su tesón el que raya en la necedad le permitan ver al rey cuando menos, al fin uno de ellos se digne a hablarle para que pueda siquiera decir que quiere ver al rey, y aunque sea explicar que de la Colonia de la Nueva España viene, y quizás con piedad pueda hablar con alguien y exponerle su problema. Se sienta sin importarle el sol y saca su sombrero de palma para protegerse del astro rey y espera para que los que entren o salgan y los guardias lo miren, con la esperanza de que con su necedad pueda ver al rey.

Cansado de esperar al fin decide cambiar sus ropas españolas, y detrás del árbol en que estaba recargado se pone su indumentaria de indio y regresa así al mismo sitio en el tronco del árbol. Más tarde cuando la temperatura desciende se cubre con el sarape multicolor y se tapa con el sombrero y se dispone a dormir, muchos de los que entran y salen del gran palacio del Escorial lo miran y quizás esa lastimosa imagen del indígena mexicano quedará grabada en la memoria, porque esa idea del indio descansado se quedará como imagen del mexicano que duerme sin importarle nada de lo que acontezca en el mundo.

Capítulo 9

La reina, el favorito, y el rey ausente

Don José Patiño se despierta con el primer rayo de sol y de inmediato se levanta de la posición en que se durmió el día anterior en que lo venció el cansancio después de las largas caminatas que dio para arribar al magnífico palacio del Escorial.

De inmediato se pone de pie y va detrás del árbol para cambiarse de ropa por el correspondiente atuendo español, y después cuando el cambio de guardia se da, ya está presto para solicitar de nueva cuenta que desea ver al rey don Carlos IV de España. Se acerca al comandante de la misma guardia y con cortesía hace verbalmente su solicitud. El capitán lo mira y ve el rostro cobrizo de don José y de inmediato piensa que es uno de esos mozárabes que vienen de Toledo a pedir libertad de credo, y todo por el color de su piel, por supuesto más del tono del moro que la del blanco español. El comandante de la guardia del rey que de hecho es imperial, porque el monarca español todavía detenta bajo su voluntad suprema las tierras de las colonias de ultramar, como fuera el monarca todavía es absoluto, y en realidad aunque de hecho no gobierne, todavía a pesar de la Revolución Francesa en España no hay instituida monarquía constitucional. Como fuera, todavía el rey de la dinastía de Carlos de Valois, los borbones, será el último que reine con el absolutismo. Aunque eso no es totalmente cierto, porque ya desde tiempos del emperador don Carlos primero la monarquía estaba limitada por las cortes de Cádiz.

El indio mestizo ignora la realidad del gobierno de la Madre Patria donde gobierna el amante de la reina extranjera María Luisa de Parma, el que llegará en poco tiempo a ser el poderoso ministro Godoy, del que ya ha tenido noticias don José Patiño gracias al capitán Vázquez. Sigue solicitando audiencia con el rey, al que poco le interesan las cosas de gobierno porque tiene otras aficiones en las que desperdicia su tiempo, por lo que lo ignora nuevamente el capitán de la guardia real, y siquiera se digna dirigirle la palabra.

Don José se da la media vuelta y se dirige a colocarse donde sea visto por los guardias y por todo aquel que entra o sale del palacio, porque ha tomado la decisión de que si ha de morir en ese mismo sitio de inanición, lo hará aceptando ese cruel destino, pero confía que con los días alguien note alguien su presencia, se compadezca y al fin le cumplan su deseo.

Después de varios días en que don José Patiño Ixtolinque fue parte del paisaje al fin alguien se percata del curioso sujeto, y se pregunta quién es y qué querrá. Pero ese caballero no se detiene y entra a través de las puertas del Escorial, tardará un día en salir el caballero del palacio, y entonces lo mira exactamente en el mismo sitio. La curiosidad lo hace ir a hablar con el extraño sujeto y acerca su montura al lado del indio, y desde arriba de ella le pregunta:

_ ¿Quién eres y que deseas?- El indio lo mira y se quita el bonete, parecido a los que utilizan algunos religiosos y con voz segura responde:

_Soy don José Patiño Guzmán de Ixtolinque cacique Tepaneca de Coyoacán.- Como si todo mundo supiera acerca de Coyoacán y que esa alejada región alguna vez fue la capital de la Nueva España.

El caballero escucha claramente que el extraño personaje ha antepuesto el don a su nombre, y si no es un "alguien" es un donnadie y resultaría entonces una falta de respeto. Como fuera por ese entonces el anteponer ese don estaba reservado para la hidalguía peninsular. Obviamente nunca pasa por la mente del caballero que se pudiera tratar de alguien de la nobleza indígena reconocida por la Corona Española, por lo que molesto, le dice:

_Dices que eres un don pero yo te veo como un bellaco, deberías saber que el don es para los caballeros y los hidalgos, y para nadie más. Así que abstente de utilizarlo.
Don José Patiño sin altanería de su parte y viendo que quizás sea la única oportunidad que tenga de explicar que hace ahí, de manera tersa dice:

_Mi señor, soy nativo de la Nueva España y desciendo del cacique de Coyoacán al que el emperador don Carlos I de España, el rey y la nunca bien ponderada la reina doña Juana de Zaragoza, le otorgó y reconoció, nobleza, y escudo de armas, como noble peninsular, y soy por herencia el cacique de Coyoacán, por lo que tengo reconocida nobleza por su majestad.

El caballero español sabedor en parte de la Conquista, recuerda que en efecto el rey don Carlos de Austria reconoció a varios indígenas su nobleza gracias a gestiones del conquistador Hernán Cortés y son parte de la hidalguía peninsular, y siendo así le Pregunta:
_ ¿Qué buscas aquí? Porque en la Nueva España hay un virrey, el que esta para escuchar a los súbditos de la Corona y resolver cualquier problema.
_Su señoría quiero entrevistarme con el rey. En realidad busco justicia que se me ha negado en la Nueva España, porque en realidad en la colonia no la hay, ni la ha habido, ni la habrá, creo que esa verdad deberá saberlo su majestad. En la Nueva España es de sobra sabido que desde el inicio de la Colonia las Ordenanzas de Indias han sido letra muerta, y si a mí, con la estirpe que tengo reconocida se me niega la justicia, imagínese su señoría lo que le acontece a los naturales en la colonia. Debe saber señor que no pienso moverme de este sitio hasta que me escuche su majestad, aunque intentándolo se me vaya la vida, no he venido desde tan lejanas tierras para no ser escuchado.

El caballero con que se entrevista don José le sonríe porque le causa gracia la candidez del personaje, da vuelta a la montura y se reúne con su séquito para continuar su camino sin decir nada más.

Los guardias miran ahora con curiosidad al indio, haciéndose de cruces corazón acerca de lo que habló con el caballero español. Sin embargo estiman que don José ha sido ignorado porque sigue plantado en el mismo sitio.

Por la noche como de costumbre don José se retira detrás del árbol para nuevamente ponerse sus ropas de indio para dormir bajo el árbol, y al día siguiente apenas sale el sol se presenta nuevamente a las puertas del palacio del Escorial, y al cambio de guardia otra vez solicita ver al rey, con el mismo resultado a pesar de repetir que es un súbdito de la Corona y que ha sufrido calamidades para llegar hasta las puertas del Escorial.

Al tercer día regresa el caballero que se entrevistó con don José Patiño y ahí está el indígena, nuevamente el caballero se acerca al indígena diciéndole:

_ ¿Hasta cuándo piensas estar aquí? –Le dice con admiración, ya que por las señas del rostro le resulta obvio que no ha probado alimento el mexicano.

_Señoría, hasta que muera de inanición o me reciba su majestad, aquí estaré a pesar de ya no tener ni que comer. –Dice tajante, entonces el caballero se apiada de él y le ordena a algunos de los soldados que le den pan, queso, y algunos embutidos. El indio agradece el gesto del caballero diciéndole:
_Su señoría, Dios le dará más, – El caballero ríe y se encamina para adentrarse en el palacio del Escorial.

Después de un rato, al fin un guardia cumpliendo la orden del caballero español le lleva de comer lo que ese noble sujeto ordenó, inclusive le dan un cántaro con vino rojo, lo que agradece repetidas veces el indio, y se aleja para engullir la mitad de la comida para guardar para el día siguiente y pueda resistir siendo casi ya parte del paisaje a las puertas del Escorial.

La historia se vuelve a repetir, el indio solicita ver al rey y en esa ocasión para sorpresa de don José Patiño, el guardia le dice:

_No sé quién seas, ni qué asunto le pretendes tratar a su majestad. Pero te puedo asegurar que el rey no se dignará a recibirte, porque si los reyes recibieran a cualquiera que le solicite audiencia, no les quedaría tiempo para atender los asuntos de importancia. Te aconsejo que te marches por donde viniste y dejes de insistir, de otra suerte en algún momento me ordenarán que te prenda, y en vez de ver al rey tu humanidad irá aparar a una sucia mazmorra. El indio lo mira le sonríe, y con simpleza le dice:

_Vine desde la Nueva España y no regresaré sin exponer el asunto que me trajo hasta aquí y si mi destino es ir a parar preso, lo aceptaré, así que ya sabes dónde encontrarme.

Don José da media vuelta y vuelve al árbol donde se sienta a esperar o a que lo reciba el rey o lo prendan, pero está decidido a no dar marcha atrás.

Capítulo 10

Tu eres el dueño, yo soy el rey

Dos días después el caballero que le envió comida sale a buscar al indio, resultando que el caballero con que habló don José Patiño es cuñado de la gran duquesa de Alba, la que es cortesana de la reina María Luisa de Parma, y al verlo parado en el mismo sitio le pregunta:

_Dices que vienes desde la Nueva España y que buscas hablar con el rey para pedir justicia ¿No es así? Dime cual es la causa, para que te quieras entrevistar con el rey don Carlos IV de España a ver si puedo hacer algo por ti porque veo que eres porfiado, y como cristiano que soy no permitiré que mueras de inanición. Pero te advierto que si tu causa no es de importancia te marcharás o te haré prender, sin importar tu hidalguía.

Don José Patiño Ixtolinque, le relata al caballero pormenorizadamente su historia y concluye la misma, diciendo:

_Señoría en efecto, robaron en la Real Audiencia las cédulas que acreditan mi propiedad y quiero una reposición, donde el rey de fe de que existen en los archivos del reino para así reponer lo birlado y se dicte justicia. – Explica el indígena, con tono sumiso.

_He hablado con su majestad la reina María Luisa y ella tiene curiosidad de conocerte, la verás, por lo que la fortuna te sonríe. Pero cuando llegues frente a ella te colocas de hinojos y esperas a que ella te de la venia de levantarte y hablar ¿Entendido?

_Por supuesto señoría. ¿Veré al rey? - Dice el indio con evidente emoción. Olvidándose de la información que le dio el Capitán Vázquez acerca de quién en verdad gobierna España, lo que es un secreto a voces, y que el rey que es veleidoso y tiene otras aficiones por lo que no le interesa su esposa la reina, ni lo que ella haga y tampoco le interesa mucho su reino. El rey piensa que ya cumplió con su misión de dar un heredero a la corona, si es que en verdad es su hijo Fernando. El caballero español le contesta su pregunta, diciendo:

_No será. Bueno eso creo. Si la reina decide ayudarte el rey firmará lo necesario, el rey se divierte y la reina gobierna a través de su favorito don Manuel Godoy, ven sígueme, te recibirá la reina cuando ella lo decida. Pero si no decide ayudarte, no insistas o terminarás tus días en el cadalso.
El indio va detrás del caballero, voltea para todos lados viendo el lujo y el boato en que vive la corte española, en tanto todos miran al indio vestido con alpargatas a la usanza española, pero en vez de parecer caballero semeja a un criado, y por cierto no de algún noble de alcurnia. El rústico sombrero se queda con los guardias y su morral también.

Desde que llegó el conquistador, hace ya más de dos siglos a la corte española, hacía ya mucho tiempo que nadie había visto un indígena mexicano caminar por largos pasillos y aunque evidentemente don José Patiño es mestizo para los españoles es simplemente un indio de la colonia. Los pasillos del Escorial a don José Patiño le parecen interminables y no para de admirar las obras de arte y la decoración y no puede evitar comparar la austeridad colonial, con el boato peninsular, y como fuera don José Patiño piensa, no sin razón, que toda la grandeza que mira se la deben a Hernán Cortés y porque no, a su ascendiente el tepaneca Ixtolinque. Don José en tanto camina escucha algunas risitas debido a su insignificante persona, y después de un largo trecho al fin llega donde la reina María Luisa aguarda. Ella está sentada en un mullido sillón y a su lado están sus dos damas de compañía, la duquesa de Alba, y la de Osuña y su favorito Manuel Godoy, quien a pesar de no ser el primer ministro gobierna por disposición de la reina. El caballero don Alvar que acompaña a don José, cuando esta frente a la reina hace una breve caravana, diciendo:
_Señora, este es el vasallo de la Nueva España del que le comenté.

El indio siguiendo las instrucciones se adelanta y frente a la reina coloca una rodilla en el piso y no se atreve siquiera a mirar. La reina lo mira soltando una estúpida risita y una mirada que significa burla a Godoy, al fin la reina le dice:

_Puede ponerse de pie. Me informan que sois un cacique de rancia nobleza de los indios naturales de la Nueva España, y me dicen que desciendes de algún noble cacique, ya que vuestros ancestros lucharon al lado del conquistador, por lo que el entonces rey de España les otorgo reconocimiento a su hidalguía y fueron sus leales vasallos. Explica que es lo que busca en la corte.- Ordena la reina.

El indio responde contando lo que a tantas gentes les ha dicho, la manera en que Ixtolinque el señor de Coyoacán salvó en la noche triste con su afortunada intervención la vida del conquistador, y de cómo lo rescató en Cuernavaca evitando que lo llevaran al templo a sacrificarlo a Huitzilopochtli. La reina y su pequeña corte escucha con atención la historia, la que para ese entonces ha quedado en el olvido, cuando concluye esa parte Godoy dice:

Bien, tendremos que comprobar que existen las Reales Cedulas en los archivos de la corte, pero suponiendo que dices la verdad, como saber que en realidad eres descendiente del indio cacique, y que tú eres hoy al que le corresponden los títulos reconocidos por el reino.

_Señoría en mi itacate, perdón quise decir en mi morral, deje los documentos que acreditan mi entroncamiento, bastara con que me traigan el morral y podrán leer lo relativo a mi descendencia.

_Saliendo te los recogerán para que los lean los jurisconsultos del rey, por ahora bastara que digas como es que eres el cacique heredero de Coyoacán, pero os advierto, que si decís una falsedad iras a retozar directamente a una mazmorra. - Sentencia Godoy.

_ Su señoría, y su majestad, podrán constatar mi verdad con la comprobación de los jurisconsultos pues en los papeles viene el resumen del sumario que se siguió ante la Real Audiencia en que mis antepasados vencieron al usurpador José Hidalgo Guzmán y se nulificaron las ilegales ventas de tierras con que unos españoles y los religiosos carmelitas de San Jacinto adquirieron tierras tanto de mi mayorazgo, así como de los indios naturales del Ajusco.

_ Ese es otro cantar, nosotros no podemos decir la justicia, tan solo si es que existen las Reales Cedulas te las entregaremos, pero necesitamos comprobar que tú eres el que por entroncamiento el titular de esos derechos. - Dice Godoy.

_ Su Señoría, por eso decía yo eso, en ese juicio viene comprobada la legal descendencia de mi antecesora la cacica de Coyoacán doña Teresa Ixtolinque y adelante ya en el sumario legal de esta causa que reclamo, se comprueba la descendencia de don Carlos Patiño Ixtolinque descendiente de un español y de la cacica de Coyoacán, y obviamente en dicho sumario acredité mi entroncamiento con ellos en línea recta descendente para realizar el reclamo y así instar ante la Real audiencia.

_Entonces pediremos como dije informe detallado a los jurisconsultos de esta corte y si es cierto repondrá su majestad el rey las cedulas que solicitas, pero nada más porque como te dije la jurisdicción le corresponde a la Colonia.- Explica Godoy.

La reina que ha estado expectante, y de alguna manera ha tomado simpatía por el extraño mestizo, se digna a hablar diciendo:

_Entonces en algo le debemos la bonanza de España a tu pariente, ¿Qué deseas, en realidad? He escuchado que tu contraparte son religiosos y tengo dudas acerca de la veracidad de tus palabras, en verdad es posible que ellos hayan adquirido con buena fe las tierras y por eso en nada influiremos en la Colonia, ellos deberán fallar lo que proceda conforme a la ley y a las Ordenanzas de indias, no deja de admirarme que sea un litigio en que están inmiscuidos los Padres Carmelitas, así que explica algo de los pormenores, que tengo interés en saberlos.

José Patiño Guzmán de Ixtolinque relata brevemente el despojo que le hicieron a su familia los carmelitas del colegio de Santa Ana, y lo que han hecho con sus tierras del cacicazgo. Manuel Godoy le dice:

_ Como te dije eso lo verán los jurisconsultos y si es verdad lo que afirmas se te darán las copias de las Reales cedulas firmadas personalmente por el rey. No podemos daros sentencia, eso no está en manos del rey. Así que has hecho en vano un gran esfuerzo en venir hasta esta corte. - Dice Godoy convencido de que don José Patiño Ixtolinque nunca obtendrá justicia en la Nueva España

Don José Patiño no pone mueca de desilusión, ya que su abogado esa situación se la había explicado y sabía que no le resolverían la cuestión legal en la Corte Española. Con conocimiento de causa explica:

_Su majestad, por lo que vine es para obtener una carta de su majestad el rey, para reponer los títulos que el rey Carlos I de Austria reconoció a mi antepasado el cacique que se llamó

don Juan de Ixtolinque Guzmán, el que fue fiel siervo del marqués del Valle de Oaxaca don Hernán Cortés y por supuesto del rey don Carlos de Austria. Según dice mi abogado con eso bastará para reponer los documentos originales que desaparecieron del legajo del sumario respectivo. Es todo lo que deseo, de antemano sé que la justicia se hará en la Nueva España.
La reina lo mira, siente lástima por el indio, y entonces le ordena a Godoy:

_Si lo que dice este hombre es cierto, las Reales Cédulas deben estar en los archivos. Si es así, otórguenle la constancia que necesita y yo me encargo de que lo firme el rey. En tanto alojen a este hombre en algún sitio, y denle ropa de gente decente. Aliméntenlo cómo cristiano y súbdito que es nuestro. Sin embargo si ha mentido, no necesito decir lo que se debe hacer.

Con grandes muestras de agradecimiento se retira don José Patiño y se cumple con lo dispuesto por la reina María Luisa. Lo alojan en un cuartucho cercano a los que ocupan los guardias del Escorial. Como fuera lo visten y alimentan, aunque es objeto de burlas por sus nuevas ropas. Lava las suyas y queda por un par de días en espera de que lo llamen para entregarle la constancia del rey.

Al fin el 22 de julio de 1791 ante su sorpresa recibe la visita de un paje del rey don Carlos IV, que le pide que lo siga. Caminan por los jardines y llegan a una construcción, a la puerta le dice el paje:

_Ahí te recibirá el rey, tiene curiosidad de conocerte.

El indio entra en la habitación la que más bien parece un establo. En realidad es un jaulón donde hay fierros y máquinas, están varios sujetos en mangas de camisa, por lo que no puede adivinar quién es el rey don Carlos IV.

Se queda de pie como estatua de sal casi en el umbral de la puerta y así pasan varios minutos hasta que alguien se percata de su presencia, más no lo anuncia.

Están todos viendo cómo funciona una bomba de agua, al rey le interesa la mecánica pero no las cosas de gobierno, lo que en un futuro no muy lejano quedará demostrado, ya que abdicará en favor de su hijo Fernando VII y se suscitará uno de los episodios más importantes para la vida de España, la intervención napoleónica.

Al fin cuando el rey queda satisfecho de entender cómo funciona el aparato, quien vio al indígena le dice al rey:

_Ahí está el indio que mandó a llamar su majestad.

El rey toma un paño y se frota las manos para limpiarlas, y sin que medie protocolo alguno se dirige hacia el indígena sonriéndole.

Don José Patiño Ixtolinque después de haber visto el lujo desmedido no da crédito de que ese sencillo sujeto sea el rey. Se lo imaginó con una gran peluca afrancesada como la que porta sobre la testa Godoy y lo ve con el pelo recogido y atado en cola de caballo y con una manchada camisola. Sin embargo no sabe qué hacer porque nadie le dijo que hacer frente al rey, pero por intuición se inca ante el personaje sin saber siquiera si es el rey.

El monarca le ordena que se ponga de pie y mira a José Patiño con curiosidad, entonces el monarca le dice:

_Pensé que serías muy distinto a nosotros, te imagine como aquellos indios que vinieron con el marqués del Valle, los que vinieron casi desnudos y con plumas en sus penachos y con horadaciones en la cara, he visto las pinturas y leído la crónica cuando arribó Hernán Cortés a la corte de Carlos I, creí que estarías en taparrabos y que hablaríais con esa jerigonza ininteligible de los indios de Méjico. Tú ya no eres indio puro ¿Verdad?

_Su majestad, eso es verdad, pero indio orgullosamente lo soy en parte. Mi abuela Teresa Guzmán de Ixtolinque se casó con un español, Don Pedro Patiño mi abuelo, ella era la cacica de Coyoacán. – Dice Don José.

_Bueno, supongo que ya habrá mucho mestizaje en la Nueva España y que pocos serán los indios puros.

_Su majestad sí lo hay y muchos, la colonia es enorme, pero los españoles no se casan casi nunca con las indias, si acaso con algunas mestizas, y muchos mestizos lo hacen entre ellos o con las indias. Los criollos conservan su sangre casándose con criollas o españolas, así que hoy hay más saltapatras, que mestizos, o sea hay más sangre indígena que peninsular. En parte en eso radican las injusticias, porque el español y el criollo hacen de las Ordenanzas de Indias letra muerta.

Inclusive con cinismo se dice en la nueva España que lo acatan pero no lo cumplen.
En la Nueva España no hay justicia y estando la capital del reino tan lejana, por lo visto nunca la habrá.

_Será una interesante colonia. Pero roguemos al Altísimo que no saquen lo peor de los españoles y lo de los indios. Porque de suceder eso, cruel destino les espera a ustedes los americanos.
Dice el rey al tiempo que bota el paño sobre una máquina, que es lo que le interesa, así como el desenfreno que el mismo realiza, por lo que no le importa que sea un secreto a voces que su esposa María Luisa tenga otros amoríos, como fuera el trono con su heredero Felipe VII está garantizado y eso era lo importante. Camina unos pasos y pregunta:

_ ¿Dónde dejé el papel? Ahí está, ya no se no donde tengo la cabeza. – Lo toma el rey y lo firma, estampando con letra clara, Yo el Rey, que así firma y se lo tiende al indígena diciéndole:

_Ten esto, te hará constancia de que tu antepasado era el señor de Coyoacán, espero que recuperes tus tierras. – Da media vuelta el monarca y regresa a la máquina, en tanto Ixtolinque trata de agradecer. Pero satisfecha la curiosidad del monarca, este ya ni caso le hace a don José.

Don José Patiño sale feliz y se dirige a su habitación, donde lo primero que hace es leer el documento para enterarse del contenido del mismo, lo que lo deja satisfecho porque en el mismo se da constancia de las diversas cedulas emitidas por el rey Don Carlos I de España y de su madre la reina Doña

Juana de Zaragoza y del hijo del Rey, Felipe II de España, donde se da constancia del reconocimiento de hidalguía al indio Ixtolinque y le reconocen como de su absoluta propiedad las tierras de Coyoacán como las tenía desde el tiempo de su gentilidad su antecesor don Juan cacique. El piensa que ha obtenido un verdadero tesoro y no únicamente para él sino también para los indios de Totolapan, los que después de siglos de opresión, abusos, e ilegalidades al fin podrán re comprobar que las tierras por las que han peleado, y de las cuales fueron despojados al igual que su mayorazgo provienen del señorío que el rey y el conquistador otorgaron a Ixtolinque. De momento olvida lo que ha acontecido en la Colonia, las veniales autoridades siempre han protegido al poderoso y más tratándose de la Santa Madre Iglesia.

Totalmente satisfecho de haber logrado su cometido, toma después su morral y su sarape para marcharse, entonces le pregunta a un guardia, a quien debe entregar las ropas, el que simplemente le dice:

_Haz lo que quieras con esos harapos.

_ ¿Por dónde salgo de este palacio? – Pregunta esbozando una amplia sonrisa.

_Por dónde más, por la puerta de la servidumbre. – Contesta el guardia, indicándole con el dedo índice, la ruta.

Don José Patiño sale del enorme palacio del Escorial y emprende el camino hacia Madrid. Lleva en su bolsillo tan sólo con una pieza de plata y algunos maravedís, los que le quedaron de su trabajo con comerciante de telas, y algunos trozos de pan y queso, los que guardó de sus comidas. A nadie le importó, si el indio se iba o se quedaba.

Sabe don José Patiño que tendrá que caminar hasta Madrid, y como sea recuerda el camino, y ya fuera del Escorial busca una sombra para nuevamente leer con calma los documentos. Entonces se congratula de que en una Cedula del rey se da la constancia de los reconocimientos que hicieron la reina Doña Juana de Zaragoza y su hijo Carlos I de España, así como Felipe II, a sus antepasados de la propiedad del señorío de Coyoacán, donde inclusive se da la real constancia del escudo de armas del cacique Ixtolinque. Pero lo que lo pone realmente feliz es el hecho de que también le dieron una Cedula, donde el rey y Godoy ordenan a la Real Audiencia poner en posesión de las tierras reclamadas a don José y reponer los autos de los juicios, para que se dicte sentencia conforme a las constancias que obran en los archivo del Reino Español, algo con lo que no contaba, puesto que claramente sabía que la Corona Española no le iba a resolver su litigio, sin ser abogado sabe que eso es un verdadero triunfo y ya arde en ansias de que lo vea su licenciado para que le recupere su mayorazgo y por qué no, el de los indios del Ajusco también.

Así reinicia su camino hacia los puertos sevillanos, donde tendrá el mismo problema anterior, cuando pretendió llegar a la Madre Patria como se le llamaba en la Nueva España a la España peninsular.

Don José Patiño hará nuevamente toda clase de pésimos trabajos para pagar el viaje de regreso, sin embargo los consigue con relativa facilidad, ya que en España hay bonanza gracias al oro y plata del Perú y de la Nueva España y que las guerras de España emprendidas por los reyes de la casa de Austria don Carlos I de España, y V de Alemania y su hijo Felipe II ya no son cargas a la Corona Española y así hay bonanza en una banal España y muchos peninsulares no realizan los peores trabajos.

Como fuera, así logra llegar a su destino donde al fin puede mirar el anfiteatro de Sevilla del que tanto le habló su abuelo, y en efecto mira al que le llaman el Circo Romano y se impresiona con lo que ve, como es indio pero no tarugo, comprende que los indígenas, sus ancestros en verdad eran el nuevo mundo, y que su atraso frente a la magnificencia que mira, estaban realmente primitivos y por demás no ha visto los templos y las ciudades prehispánicas, ya que las que hubo en Tenochtitlán y Coyoacán fueron destruidas y utilizada su piedra para la construcción de las ciudades coloniales.

Al fin se embarca gracias a la carta del rey, lo único que lleva de recuerdo de su viaje es la roída casaca que le obsequiaron, la moneda de plata y por supuesto la carta del rey donde confirma que las Reales Cédulas de Carlos I de Austria y su madre Juana la Loca y de Felipe II, constando que son auténticas y obran en los archivos del reino.

Nuevamente para completar el costo del transporte, don José tiene que realizar las peores faenas, limpiando las cubiertas del barco y limpiando las letrinas donde hace sus necesidades la tripulación del navío que lo lleva de regreso a la Nueva España. Sin embargo no le importa realizar esas faenas porque ha logrado su objetivo y por las noches cuando al fin tiene descanso se congratula de lo que lleva, y mirando las estrellas reza dándole gracias al Señor por los favores recibidos, porque ahora cree en la justicia divina.

Capítulo 11

Regreso a la Nueva España

Meses después José Patiño llega al puerto de Veracruz de la Nueva España, puerto donde el conquistador Hernán Cortés fundó el primer ayuntamiento en lo que será México cuando construyó el fuerte y cabildo con la madera de los navíos que mandó desmantelar, y que la mentira peninsular dirá que los quemó.

Arriba al puerto de Veracruz don José Patiño como todo un marino consagrado, ya que tuvo que atar cabos, arriar velas, e inclusive vomitar cuando los sorprendió un temporal y entones creyó que todos iban a morir y de nada había servido el esfuerzo realizado, porque los religiosos se saldrían con la suya robando los terrenos que la corona española ahora le reconocía.

El regreso de Veracruz hacia la Ciudad de México no fue fácil porque nadie da nada de gratis y nuevamente tuvo que emplearse para comer y pagar el transporte, porque por nada del mundo quería gastar la única moneda de plata que le quedaba, y sabía que iba a necesitar esos dineros para poder continuar con el litigio del que pensaba seguramente saldría vencedor.

Cuando llegó a la capital de la colonia en vez de dirigirse a Coyoacán para ver a su familia, siente tanta emoción que de inmediato va a ver al licenciado Ojeda su abogado, para entregarle la carta para que reinicie el proceso contra los religiosos carmelitas.

El licenciado Ojeda lee la real constancia y esboza una sonrisa, entonces el cacique cuyo entroncamiento con Ixtolinque está ya reconocido en los autos del sumario, por lo que le pide a don José que lo acompañe a la Real Audiencia a entregar la constancia para la apelación del ilícito fallo. Por supuesto la moneda de plata cambia de manos y le dice el licenciado:

_No olvides, si ganamos el treinta por ciento de las tierras que recuperemos serán para mí como honorarios por el litigio, según lo tenemos pactado y debidamente firmado.
_Créame abogado, eso lo tengo bien presente. No sabe cuántas veces me acordé de su señoría en España.- Por supuesto que lo había hecho siempre que miraba su bolsillo vacío, porque recordaba que los leguleyos lo habían dejado en la ignominia.

Ambos llegan al edificio donde despacha la Real Audiencia y entregan la real cedula firmada autógrafamente por el rey don Carlos IV de España. Los oidores la reciben con sorpresa y de inmediato la revisan al derecho y al revés, comparando la firma del rey con otros documentos para constatar su originalidad, se convencen, y por supuesto que piden la razón de cómo la obtuvo don José, y escuetamente cuenta su reciente aventura, acto seguido emiten el auto donde dan constancia de la entrega del documento y de la presentación de la correspondiente apelación y se dispone que se de vista a los religiosos, para que aleguen lo que a su derecho corresponda.

El licenciado Ojeda les recuerda a los oidores que la cedula ordena que le reintegren la posesión de las tierras de Tecuantitlán a don José, las que ahora llaman del Santo Desierto, y de inmediato explica el oidor que tiene primero que notificar a los Padres Carmelitas del auto que reabre el proceso, lo que saben que tardará porque la distancia es considerable, y no se hará de inmediato la respectiva notificación.

Don José sabe que reinicia su calvario, él había pensado que le pondrían en posesión de su mayorazgo de inmediato, pero ahora sabe que la realidad es otra y reclama por no cumplir con la ordenanza firmada por el rey de que lo pongan en posesión de sus tierras. El oidor mira a don José con ira reflejada en la mirada, obviamente no es imparcial y ya busca en su mente como sacar provecho personal de esa situación, piensa en reunirse con los procuradores de los religiosos Padres Carmelitas y ver que obtiene de provecho. El oidor mira primero a don José y se dirige al licenciado Ojeda diciendo:

_Licenciado Ojeda, explíquele a su representado que la justicia da oportunidad a su contraparte de ser oída y vencida en juicio, y bien sabe usted que la posesión del Santo Desierto, donde por cierto tiene su monasterio los religiosos y donde hay un convento de religiosas, que en su caso no será poca cosa desalojarlos. Así también explique qué se debe notificar a los religiosos de esta inédita situación para que aleguen lo que a su derecho corresponda, y por demás le recuerdo que hay que notificar precisamente en el convento, el cual está alejado a varías leguas de la capital y eso va a tardar.

El rostro de don José Patiño refleja contrariedad pero guarda silencio sabiendo que no iba a ser fácil obtener justicia.

Al salir del recinto, el licenciado Ojeda obviamente le comenta que supone la venialidad del oidor, pero también le dice que es derecho de cualquiera ser oído en juicio y vencido en el mismo, y le pide paciencia, recordándole que su hazaña de ir a España le ha tomado mucho tiempo y que no desespere que pronto verá resultados.

En realidad la justicia es lenta, pero en la Colonia iba a paso de caracol. Inclusive los litigios iniciados por los naturales de la San Nicolás Totolapan y la Magdalena contra los Carmelitas, y la hacienda de San Nicolás Eslava, habían durado más de un siglo en resolverse, por lo que los abogados le llamaban las cortes de las mil y una vueltas y maromas. El viacrucis legal reiniciaría con la notificación de la reanudación del litigio, la que debía hacerse en el domicilio de los religiosos. Por ese entonces los Padres Carmelitas se habían mudado al llamado Santo Desierto, en Tecuantitlán, el lugar de fieras, por lo que después se llamaría Desierto de los Leones, sitio donde los Carmelitas habían construido convento, y monasterio, por lo que la distancia era enorme por ese entonces, había que tener paciencia de santo para esperar que la Real Audiencia notificara, lo que le daba tiempo a los oidores para hablar con los procuradores de los religiosos, cosa que le dijo el licenciado Ojeda a don José.

El indio José Patiño continuó su viaje a Coyoacán, donde después de un año de ausencia al fin está de nuevo con su esposa e hijos y con la esperanza renovada en que al fin recibirá la justicia esperada, aunque sabía que todavía debía esperar largo tiempo y le preocupaba que los oidores nuevamente hicieran de las suyas.
Don José pacientemente espera las noticias de su abogado en vano y desesperado acude a él, para enterarse del derrotero de la apelación, y cuando se entrevista con el licenciado Ojeda el abogado le dice:

_José, estos procesos llevan su tiempo, recuerda que no es el único asunto del que se ocupa la Real Audiencia, por cierto los asuntos no caminan solos, y me diste sólo una moneda de plata cuando regresaste de la Madre Patria.

Don José Patiño Ixtolinque hace de tripas corazón, y le entrega el dinero que ha podido reunir, lo cuenta el abogado y simplemente le dice:

_Pronto tendremos sentencia de revisión de vista y revista.

_Licenciado ya ha pasado más de dos años de mi regreso, debe apresurarlo, recuerde que usted también ganará el treinta por ciento.

Después de otro año sin saber del licenciado Ojeda, pero le mandaba dinero, don José Patiño piensa, si su odisea no fue

en vano. Pasan los años y el licenciado Ojeda siempre le da los más variados pretextos sin resultados, eso sí en cada visita del cacique obtiene alguna cantidad, la que según le dice el licenciado Ojeda tiene que entregar para gastos, a pesar de que el abogado vive a dos calles del palacio de la Real Audiencia.
Al fin cinco años después de esperar, el licenciado Ojeda con tono grave, que presagia calamidad, le dice:

_Don José tengo malas noticias, el tribunal de la Real Audiencia ha confirmado la sentencia de vista a favor de los Religiosos Carmelitas.

Don José se queda impávido, las lágrimas de impotencia asoman en la cuenca de sus ojos, el licenciado lo mira sin expresar alguna emoción y simplemente le dice:

_José, recuerda que te dije que la justicia tiene un precio. Te pedí dinero para los oidores y nunca me trajiste nada. La justicia en la Nueva España siempre ha estado al lado del poderoso o del mejor postor, yo hice lo que pude, en tanto los Carmelitas son ricos y poderosos, habrán llenado el buche de los oidores. De seguro compraron la justicia, porque a pesar de la constancia del rey confirmaron el fallo, aduciendo prescripción por usucapión, no les importó lo fraudulento de la adquisición de las tierras por los religiosos y comprobaron con inspección de ojos, que en efecto su convento está ubicado en el Santo Desierto al que los indios llaman Tecuantitlán, y la sentencia dice que los religiosos tienen posesión con ánimos de propietario desde ya hace demasiado tiempo.

Don José con ira evidente, le reclama a su abogado:

_Licenciado Ojeda usted me dijo que lo único que necesitábamos era la real cédula del rey, porque el fraude de los Carmelitas está probo.

_Así es mi señor, es cierto de que no hay constancia de que adquirieron legalmente las propiedades del primer cacique tu antecesor, también sabes que no fue legal la venta que realizó el tal José Hidalgo Guzmán, la que fue nulificada por sentencia, en ese orden de ideas lo lógico sería que las sucesivas transmisiones de propiedad, inclusive por adjudicación en remate como las adquirieron los religiosos, y que por demás no se especificó en los títulos de adjudicación las colindancias ni lo que comprendía ese remate, fueran nulas también sin ningún efecto legal. Pero ya sabes cómo se las doran los oidores, y se sacaron de la manga que el tiempo les daba derecho a la usucapión, o sea a la prescripción, y por lo tanto resolvieron que habían prescrito los religiosos. Pero recordarás que birlaron las Cédulas, las que tuvimos a bien reponer con tu fatídico viaje, eso debió ser suficiente para obtener un fallo a favor según la lógica, porque un acto ilícito según la costumbre y la ley no debe producir efecto alguno.

_ ¿Entonces, qué sucedió? – Pregunta angustiado. Un poco más calmado, más no está resignado a que le despojen de lo que es suyo.

_Don José, estos micos se sacaron de la manga que ha procedido la usucapión, esto es, han adquirido sus bienes por el simple transcurso del tiempo, sin importar el origen de su fraudulenta adquisición. –Le dice el licenciado Ojeda, explicando la tergiversación legal de la motivación del fallo.

_Señoría ¿Eso es legal? – Pregunta el indígena.

_Por supuesto que no, es un acto fraudulento, no es viable para apropiarse de bienes de otro, por eso te digo que es una resolución torcida. Resulta obvio que los micos de la Audiencia vendieron la sentencia de revista a los carmelitas, así ha sido, y por lo que veo así será. Los jueces están siempre dispuestos al mejor postor, y esto no cambiará mientras los jueces y oidores sean gachupines. Te debo recordar lo que aconteció con los naturales del pueblo de San Nicolás Totolapan y otros pueblos a los que tu antepasado el cacique de Coyoacán y por demás gobernador de esa villa les otorgó en propiedad y heredades al pueblo de manera común las tierras y bien sabes que el entonces Tribunal de Indias y de manos del propio virrey declaró que los derechos de ese pueblo pasaban al Real fisco, y no solo lo de ellos, sino los de todos los indios del llamado Marquesado del Valle y así les birlaron sus tierras, y también como en tu caso, la Real Audiencia resolvió en favor de los Islava la prescripción – Afirma el licenciado Ojeda.

_ ¿Entonces ya no hay nada que hacer? – Pregunta decepcionado el indígena.

_Sólo queda una cuestión, volver a España con un escrito y presentarlo al rey para la revisión de alzada de la ilegal sentencia. Pero será otra aventura, quizás no obtengas nada, pero como fuera te queda el desacato, ya que el Rey ordenó, que te reconocieran la posesión legal de las tierras. – Le dice Ojeda.

_Señoría, entonces regresaré a España, como sea ahora será más fácil, ya estuve allá. – Dice.

_Debes pensarlo bien, no sé qué tantas probabilidades existan de que el rey ordene se actúe con licitud en este asunto, podrá tardar meses o años, y no hay garantía de nada. – Le dice el abogado circunspecto.

_Señor haga el escrito con letra muy clara, como la del rey, exponga todo el asunto y yo decidiré ¿Le parece? – Dice sin animosidad don José.

_Sabes que te estoy advirtiendo, haré la denuncia, pero debes de pagarme por mi trabajo, te quisiera ayudar pero de esto vivo, debes entenderlo, y por cierto no olvides que te estoy advirtiendo que quizás no logres nada, así que no quiero reclamos posteriores, porque la decisión es tuya.

_Haga el escrito, yo veré como se lo pago.

_En verdad no te lo recomiendo, por lo que sé el rey no ve estos asuntos sino se ven en las cortes de Cádiz, y lo único que tendrás que hacer es presentar el escrito, y esperar un largo periodo hasta que resuelvan la apelación y nada garantiza que se haga justicia. Deberías pensarlo mejor, busquemos el medio para que alguien lleve la apelación o presentarla ante la Real Audiencia en esta Nueva España y esperar a que los oidores la manden a la Madre Patria para que resuelvan.
Don José mira con fuego en los ojos al licenciado Ojeda y tajantemente le dice:

_Eso no lo haré, ya una vez se robaron las Cedulas y de seguro la apelación de alzada nunca llegará a España, iré personalmente al palacio del Escorial a ver a la reina y al rey.

_Pedro, ya te dije que el rey ni la reina resuelven esta cuestión, nada tienes que hacer en el palacio real. – Reitera el licenciado Ojeda, José sonríe y dice:

_Soy indio pero razono, ya entendí que no resuelven los monarcas, simplemente le pediré que ordene se resuelva lo más pronto posible, es lo único que garantiza que se haga justicia pronta y expedita.

El cacique sale de la casa del licenciado Ojeda, mentalmente hace cuentas, venderá sus marranos, el burro, y las dos mulas para pagar al licenciado Ojeda y llevar algo de plata para el viaje, es un indio porfiado, así decide volver a España para que se haga justicia.

Capítulo 12

De nueva cuenta a España

Los primeros días del año de 1807 don José Patiño Ixtolinque, después de pasar penares como la ocasión anterior que fue a España, llega al fin al puerto de Veracruz y desde ese momento se agravan sus problemas porque no tiene la misma suerte que la vez anterior, ya que gasta parte de sus ahorros para poder pagar parte del transporte, y además de todas maneras tendrá que hacer la desagradable labor de asear las letrinas del barco durante el viaje, pero como fuera parte para España como trabajador de un carguero español a pesar de las recomendaciones del licenciado Ojeda de que no vaya a la madre patria, y al abordar el indio recuerda que su abogado le dijo:

_Nada lograrás, España no es la misma a la que llegaste la vez anterior, ha tenido guerras y no te atenderá el rey, supe que Manuel Godoy ha perdido popularidad y enfrenta detractores en España.
_ ¿Carlos IV es, o no, rey de España? – Preguntó el porfiado cacique.

_Sí lo es, pero no es tan sencillo entender lo que sucede en España como crees, tanto aquí en la Nueva España como de seguro en la madre patria lo repudian. Allá en España, ni en esta colonia están contentos con esa situación, hay descontento por doquier, hazme caso no vayas porque no vas a lograr nada. – Sentenció el licenciado Ojeda.

El abogado está más enterado de lo que está aconteciendo en España, en realidad sabe lo que se dice, por los que llegan a la ciudad de México de La Península Ibérica que tren noticias de lo que sucede en la península ibérica.

Es cierto que España está convulsa y hay descontento por doquier por las inútiles guerras promovidas por Godoy y por la alianza de España con Napoleón Bonaparte, la que repudian los nacionalistas españoles ya que Napoleón está tratando de incorporar a su Imperio España y Portugal.

En esas condiciones meses después arriba don José Patiño de nueva cuenta a la que considera como la mayoría en la Colonia la Madre Patria y en esta ocasión nadie lo mira, porque los españoles están más preocupados en otras cuestiones, hay caos económico debido a la guerra con Inglaterra y descontento manifiesto por las políticas de Manuel Godoy, por lo que está vez se le dificulta encontrar trabajo en esa España de crisis y tiene problemas para subsistir, por lo que inclusive tiene que mendigar aunque sea un mendrugo de pan duro. Lo único que lo mantiene es su inquebrantable voluntad de llegar a Cádiz para entregar el manuscrito que elaboró el abogado Ojeda.

En esas condiciones decide seguir su camino, donde a cambio de un plato de lentejas realizará los peores trabajos, pero al fin llegará a meter el escrito y pasará mucho tiempo en espera de que salga la resolución, que lo llevó de nueva cuenta a España, por lo que pasará hambre y desprecio de los peninsulares.

Estando don José en espera de su resolución se entera como todos en España del llamado Motín de Aranjuez, provocado por varias causas, las principales son, la derrota de Trafalgar de las armadas española y francesa, el aumento en el costo de la vida, y la penetración de las tropas de Napoleón Bonaparte en España.

Don José Patiño se entera, que entre los días 17, 18 y 19, de marzo de 1808, que el pueblo frente al palacio residencia personal de Manuel Godoy exigió la abdicación del rey Carlos IV en favor de su hijo Fernando VII y la renuncia del nefasto Godoy.

Hay quien asegura que el rey Carlos IV abdicó a favor de su hijo Fernando VII y que después se arrepintió, creándose un conflicto entre ambos por la titularidad del trono español, resultando que Fernando VII con su conducta propició la conquista de Napoleón Bonaparte, el que dejó en el trono español a su hermano José apodado Pepe botella por su afición al coñac.

De esa situación se entera don José que José Napoleón es ahora el rey del imperio Español a partir del 6 de junio de 1808 y que obviamente no es bien aceptado por los nacionalistas españoles que quieren un rey propio no un extranjero, aunque Pepe Botella pudiera ser un buen gobernante que ha declarado la constitución de Cádiz y limitado la monarquía absoluta, la constitución como sea llegó para quedarse, porque después de Napoleón, quedará para siempre limitada la soberanía del monarca en turno. En España hay efervescencia, y a pesar de las advertencias que le había realizado el licenciado Ojeda, está nuevamente a España.

Don José arrepentido recuerda, que antes de abordar el carguero dudó, recordando las palabras de Ojeda, sin embargo su necedad lo llevó a la nueva aventura, aunque en esta ocasión previsor llevó unas monedas de plata y algunos maravedís. En Veracruz se dio cuenta que muchos españoles llegaban y ahora entiende el por qué, así trató de embarcarse, pero no tuvo la fortuna de la vez anterior, porque ningún capitán quiere trabajadores sino dinero, así convencido de que tendría que pagar buscó la mejor oferta.
Recordó las palabras del capitán del barco y ahora entiende que quizás debió desistir de ir a España.

_Si vienes trabajarás como negro, la comida la pagarás, descontándose de tu salario y pagarás el viaje.

Ahora ni siquiera le valió ser indio e ir a buscar justicia, lo que presagiaba que este viaje no sería como el anterior, y eso debió saberlo, más su ansia de obtener Justicia fue mayor que su cordura.

Lo peor es que durante el viaje hubo dos temporales, en los que el indígena tuvo tiempo de arrepentirse de no haber escuchado el consejo del licenciado Ojeda, sintió que moría, amén de que enfermó en el trayecto, por lo que tuvo que darle una de sus contadas monedas al capitán como pago por estar impedido para trabajar durante el penoso viaje, parecía presagiar que no tendrá la suerte del anterior, lo que ahora sabe por las vicisitudes que está pasando, donde poco come y cuando lo hace, muy seguido vuelve el estómago, por lo que pierde peso corporal y está muy débil para trabajar de cargador.

Don José ya más viejo y desmejorado por lo duro del viaje y su estancia en la Madre Patria. Como no es peninsular poco comprende lo que en realidad acontece, para él como fuera sabe que ahora el rey es José I, José Napoleón, Pepe Botella, aficionado al coñac. La dominación francesa ha traído malestar en el pueblo, aunque algunos nobles acomodaticios han aceptado al rey extranjero. De hecho lo mismo sucede en la Nueva España donde el virrey es leal a Napoleón y al rey José Bonaparte. También encuentra don José que la facilidad para hallar trabajo de la vez anterior ha desaparecido, ya no existe la bonanza de los años pasados, y menos por lo que está aconteciendo en la Nueva España, lo que por supuesto desconoce el cacique.

En realidad en la capital de la Nueva España ya ha habido intentona de Independencia y el descontento contra el virrey nombrado por los franceses hará que muchos caigan en desacato.

Estando don José en Sevilla se entera de los acontecimientos en España. En realidad el pueblo español aborrece la ocupación francesa y al rey francés, así se entera que desde el 20 de julio de 1808 José Napoleón llegó a España y gobierna como usurpador, pero eso poco le importa a don José porque lo que desea es que el tribunal de apelación español revoque la ilícita sentencia que emitió la Real Audiencia de la Nueva España.

En las condiciones precarias en que sobrevive don José Patiño lo llevan a desesperar, y materialmente a rogar a las Cortes de Cádiz, sin embargo nadie hace caso del famélico indio. Los meses pasan y cada vez está peor la situación española y peor aún está la del indio americano.
El temple del indio don José hará que espere, pero al ver que nada sucede con su asunto, decide ir a la capital del reino para ir al ya conocido palacio del escorial por lo que se encamina hacia Madrid.

Tan pronto arriba se entera que el 2 de mayo de ese Año de 1810 en Madrid hay un levantamiento en contra del rey usurpador, porque la noticia de la masacre provocada el levantamiento se sabe en toda la península, por lo que el extraño indio sólo escucha el grito de independencia por doquier, obviamente es el grito para liberar a España de Napoleón.

La situación en España es confusa y además el cacique indígena ignora el descontento que hay en Nueva España por esa situación, no sabrá que el 16 de septiembre de ese 1810 en Dolores un cura llamado Miguel Hidalgo, en la madrugada incita al levantamiento para oponerse al gobierno del virrey Francisco Javier Lizama y Beaumont, arzobispo de México y su sucesor, que inicia su virreinato el 14 de septiembre de 1810, dos días antes del pronunciamiento del cura Hidalgo.
El virrey Francisco Javier Venegas y Saavedra marqués de la Reunión, es como su antecesor un virrey afrancesado.

Hay convulsión tanto en España, así como en la Nueva España, inclusive el cura Hidalgo gritará en su histórico grito de Dolores diciendo:
_ Muera el mal gobierno, Viva Fernando VII, haciendo alusión al gobierno de Pepe Botella y del virrey Javier Venegas.

Ese hecho que desconoce José Patiño también es ignorado en España. Sin embargo dará origen a que los criollos y Mestizos de la colonia de ultramar inicien un movimiento, no para derrocar al gobierno usurpador leal a Napoleón, sino que ahora se busca la independencia para convertir a la colonia española en una patria independiente, y ya para ese entonces, algunas plazas de la Nueva España han caído en manos del ejército del cura Hidalgo, que ya avanza hacia la ciudad de México y al que se le han unido algunos militares de las tropas españolas de la Nueva España, entre ellos esta Ignacio allende Unzuaga, que desde los inicios, simpatizó con el movimiento revolucionario, convergiendo con don Miguel Hidalgo el cura de Dolores, también está encabezando la lucha armada el capitán Juan Aldama que fue declarado presidente del movimiento inicial contra el gobierno virreinal. Pero no fueron los únicos simpatizantes, por lo que había muchos más, con lo que pronto esa lucha de rebeldes se tornó en la guerra de independencia, la que se habría de prolongar por más de una década, por supuesto que todo lo ignora don José Patiño.

Don José viene por algo, que es justicia. No entiende la política y menos la europea. Para él el rey, es el rey, sea Napoleón, Carlos IV, o Fernando VII, es lo mismo, él quiere que se revise la sentencia de revista y que le devuelvan las que considera sus tierras, por lo demás puede rodar el mundo.

Así sin importarle las luchas de independencia que inician en México o en España trata ganarse la vida en Madrid. En esta ocasión en una España convulsa y sin fluir el oro de la Nueva España, es obvio que no hay la bonanza de la vez anterior. No hay la riqueza de antaño, inclusive no consigue trabajo aun ofreciéndose a realizar los peores. El empleo escasea al no fluir el oro de las colonias a causa de la revolución de independencia, así que comienza a gastar sus escasos ahorros en compra de pan.

La situación hizo que pudiera avanzar lentamente, tarda mucho en cada pueblo y tiene grandes pesares, la gente está más metida en la independencia de España que en cualquier otra cosa, muy poco o nada les importa un extranjero muerto de hambre, porque en realidad eso es, nunca será un Español peninsular ya que en la Madre Patria nadie creyó en que siquiera un mestizo fuera su compatriota, menos un indio.

Don José dirá repetidamente que es español y que es leal a la Madre Patria, pero en realidad no entiende lo que está aconteciendo, ni por lo que está pasando España en esos momentos en que hay traiciones, porque muchos han aceptado al gobierno usurpador del hermano del emperador Napoleón Bonaparte. En realidad nadie le habla más de lo indispensable, porque en esos momentos hablar con extraños no es lo ms recomendable, se sea o no nacionalista español, porque los pueden delatar los del bando contrario, así que nadie le explica la realidad que José Napoleón es un usurpador.

Tardó más de diez meses en llegar simplemente a Madrid donde las revueltas están en pleno porque los nacionalistas atacan de continuo a los soldados del rey francés, así casi sin hacer alto se dirige hacia al palacio del Escorial donde ve ir y venir contingentes militares de soldados de Napoleón. Llega finalmente al Escorial donde en contra de lo que espera será de inmediato recibido por los franceses, que al saber que ha recorrido muchos pueblos estiman que puede traer información valiosa. Don José se congratulará de su buena fortuna sin vislumbrar las intenciones de los franceses y de los traidores colaboracionistas españoles, los que tan solo quieren de don José información para saber dónde hay más revoltosos, ya que lo confunden con un simpatizante del rey francés, del que nada sabe en realidad.

Capítulo 13

Justicia no. Mazmorra si

Don José Patiño al igual que como la vez anterior que estuvo en el Escorial, cuando llega se pone la vetusta chaqueta de fieltro que le dieran los españoles y se aliña para ir a solicitarle a la guardia su intención de ver al rey, pero para su sorpresa en esta ocasión los españoles acomodaticios escuchan al indígena, y le preguntan, que es lo que busca y cuando saben su pretensión, deciden engañarlo prometiéndole justicia, la que tanto añora.

El teniente de la guardia del Escorial da aviso a su capitán de que a las puertas de palacio se encuentra un hombre que ha recorrido parte de España y puede ser de utilidad, ya que ha visto lo que acontece en aldeas y ciudades, pero nada dice de lo que en realidad busca que es justicia, el capitán informa a un funcionario francés, quien decide ir a ver al sujeto y cuando lo mira, sin entender que se trata de un indio proveniente de la Colonia le permite entrar al magnífico palacio y de inmediato lo lleva a una cómoda sala para interrogarlo, ya que los guardias han informado que está ahí don José Patiño por propia voluntad.

El francés lo procura, y así sin necesidad de tormento alguno da pormenores de todo lo que ha visto, da informes de las fortificaciones en los pueblos rebeldes españoles, y todo lo que sabe, lo que en realidad no es mucho.

Aprovechan su estancia y candidez, así le dan algunas piezas de plata para que regrese y viva en Madrid, por supuesto con funciones de espía.

Después del interrogatorio se percatan de que el indio está totalmente en desconocimiento de lo que acontece en la Nueva España, donde la lucha armada continúa, aunque los primeros caudillos han sido aprisionados y ejecutados, pero ya hay un nuevo líder del movimiento que se ha definido por don José María Morelos y Pavón como una lucha por la independencia de la Nueva España, y es más, comprueban que eso ni le importa, así que puede ser un útil espía, lo mandan a Madrid con la promesa que le resolverán el asunto que le llevó a España, diciéndole que aguarde a que se revise la sentencia y busquen en los archivos aquella copia de la carta de Carlos IV, la que hace tiempo le entregó.

Así don José Patiño es ajeno a un nacionalismo español, queriendo simplemente justicia se ve involucrado como espía de los franceses, sin saber con conciencia en lo que se está involucrando, cándidamente se conforma y está dispuesto a informar lo que vea mire y escuche. Como fuera le dan unas monedas, que al fin le permiten cambiar sus roídos vestidos y comer. Así vestirá como cualquier campesino español pasando desapercibido debido a su mestizaje, porque ya vestido de paisano peninsular ni su rostro cobrizo lo delata puesto que el campesino español es moreno por estar su rostro curtido por el sol.

En su condición de espía periódicamente va al Escorial a rendir sus informes, los que en realidad no dicen mucho porque los nacionalistas no dicen que lo son a los extraños. Don José en realidad regresa al Escorial a pedir si ya se había leído siquiera la apelación que le redactó el licenciado Ojeda y a informar lo poco que sabe y ha visto. A lo que le dice un traidor español que es acomodaticio y por lo mismo sirve a los extranjeros:

_Don José su asunto pronto será resuelto satisfactoriamente, es una promesa, necesito que vaya a Zaragoza, requiero unos informes de lo que está ocurriendo allá.
_Señor yo le informo lo que vea, pero recuerde que mi deseo es regresar a Nueva España, tengo familia allá, lo que está sucediendo en estas tierras no lo comprendo, ni me interesa y no me gusta que me involucren en asuntos que no me incumben. – Afirma Don José.

_Cumpla con lo que le pido, esté por Zaragoza un tiempo y cuando vuelva con los informes, le prometo que la apelación que quiere ya estará resuelta favorablemente.

Don José con poco ánimo, pero con esperanza acepta lo que le ordena el español y resignado se dirige hacia Zaragoza y con algunas monedas que le da el traidor español, por lo que cuando menos no sufrirá hambres.

Así es utilizado para observar a las guerrillas españolas, con la consigna de espiar ciertos domicilios y personas, sin entender cabalmente lo que está haciendo, así hará lo que le pidan, aunque su labor no es determinante ni siquiera es importante. Sin desearlo es un colaborador del invasor francés y un traidor a la España nacionalista, aunque si supiera lo que está aconteciendo en la Nueva España en una lucha por liberarse del dominio Español en realidad no sería para nada un traidor, bueno si fuera un nacionalista mexicano, pero el ignora lo que está sucediendo en la tierra que lo vio nacer.

Don José es utilizado y engañado, la apelación que entregó ni siquiera es atendida, Sin embargo dará informes acerca de los nacionalistas en la Navarra y mencionara inclusive al jefe guerrillero Francisco Javier Mina, el que algún día se aliará al movimiento de independencia mexicano, así el 22 de julio de 1812, ante la penetración a un ejército anglo – español, José Napoleón abandona el Escorial obligado por las circunstancias y así resultan al fin vencidas las tropas napoleónicas, después de estar el indígena varios años inútilmente en España, al saber que regresará al trono español el rey Fernando VII decide esperar para retomar su asunto que es lo único que le interesa.

De esa situación se entera don José Patiño estando en Zaragoza por la euforia que ve por la ciudad donde se grita ya, viva Fernando VII.

Así cándidamente retoma el indígena su camino al palacio del Escorial para intentar ahora que el rey español retome su caso para poder volver a la Nueva España, así llega a presentarse ante los guardias del Escorial, los que han cambiado de uniforme y por supuesto ya no son los franceses, y como siempre pide hablar con el rey o con alguien cercano a su persona. Va vestido de paisano, así que le preguntan:

_ ¿Qué deseas de él? Para anunciarte con algún allegado al rey.

_Señor, vengo de Nueva España, clamando justicia, he dejado personalmente una petición de apelación contra la sentencia de revista de la Real Audiencia de la Nueva España y no confiando en la Real Audiencia de la Colonia, vine para dejar personalmente la apelación en las Cortes de Cádiz y es hora que no resuelven

_ ¿Cuándo la habéis dejado, para referencia? – Pregunta el guardia.

_La dejé con el anterior rey. – Dice cándidamente don José.

_ ¿Con el rey Don Carlos IV de Borbón? – Pregunta nuevamente el guardia.
_No señoría, con el rey francés. – Responde con inocencia, entonces escucha don Juan ordenar al guardia español:

_Prendan a este traidor.

De inmediato le caen tres guardias, los que lo toman de los brazos con pistola en mano, el cacique no alcanza a comprender de momento lo que sucede, es llevado a jalones rumbo al área de soldados preso, para presentarlo al capitán de la guardia real.

Tendrá que esperar por horas, hasta que lo llevan ante el capitán quién hace que lo sienten en una silla flanqueada de dos militares, el capitán lo mira y le pregunta:

_ ¿Quién eres y de dónde provienes?

Don José relatará durante un largo tiempo su historia, sin omitir siquiera su función de espía, así ordenan mandarlo a las mazmorras del sótano para que espere la resolución de su caso.

Don José al fin comprende su error, porque sin quererlo se vio involucrado en cuestiones ajenas que no entendía, pero eso no le quita el hecho de que espió para los franceses y españoles traidores, sin embargo a pesar de los tormentos que soporta, dirá lo que hizo, lo que en realidad no era importante, porque el nada entendía de lo que estaba aconteciendo.

El capitán dos días después dará el informe acerca del prisionero y van a ver al espía, ya que toda la historia que ha declarado les parece imposible, nuevamente le interrogan, reiterando su historia don José.

Don José, habla de la carta expedida por el rey Carlos IV y de la apelación que entregó, cosas que parecen inverosímiles, sin embargo se ordena una investigación del asunto, misma que dura semanas en tanto Don José Patiño, sufre prisión debido a su manifiesta estulticia.

Lo primero que encuentran es la transcripción de la comparecencia de Don José ante la reina María Luisa, y días más tarde encuentran en los archivos la constancia de la carta que firmó el rey Carlos IV a Don Juan Patiño Guzmán de Ixtolinque cacique de Coyoacán, con lo que se convencen que su historia es veraz, por increíble que les parezca a los que han seguido su caso.

La historia relatada tiene visos de realidad, así que se procede a un nuevo y largo interrogatorio en el que el indígena reitera su increíble historia, entonces proceden a preguntarle sus actividades como espía, contando lo que hacía en realidad proporciono informes insulsos y de poca valía, sin embargo ahora sí lo consideran español y se decreta traidor al mestizo, y lo dejan enjaulado en la lóbrega mazmorra y sin saber cuál será su suerte, y así en la prisión pasan semanas y piensa en la muerte, sin comprender cabalmente su falta. Al fin tiene un poco de suerte alguien encontrará arrumbada en un cajón la apelación escrita por el licenciado Ojeda, la llevan al ministro quien al leerla se percata de que el indio ha dicho la verdad respecto a quién es, y los motivos que lo llevaron a España, y por supuesto se convencen que ha sido engañado. Así proceden a un nuevo interrogatorio. Don José está sucio y demacrado por la rigurosa dieta a pan y agua, así lo re interrogan:

_ ¿Sabes a quien debes ser leal?

_Por supuesto al rey de España, soy su súbdito.

_Entonces ¿por qué, acudiste al usurpador francés?

_Yo no sabía que era usurpador, simplemente que era el rey español, y del cual supuse era súbdito, él ocupaba este palacio y para mí era el rey. – Dice con candidez.

_ ¿Sabes quiénes son los franceses o los ingleses? – Le pregunta el oficial de la corte.

_No bien su señoría, no comprendo bien que sucede aquí, nadie me ha explicado nada, yo vine a obtener justicia y no entiendo por qué estoy encarcelado. – Dice sinceramente el indígena.

_ ¿Sabes lo que acontece en la Nueva España?

_No su señoría, hace más de seis años que no se siquiera de mi familia, llevo mucho tiempo fuera y he estado aquí en la Madre Patria.

_Supongo eso, ¿Tienes amigos aquí? – Inquiere el sagaz oficial.

_No su señoría, he sido solitario, él único que habló conmigo fue el español que prometió se revisaría mi caso, el que me pidió los informes aquí en este palacio.

_ ¿Qué te pidieron que informaras?
_Que viera si había reuniones en algunas casas, yo le dije que no vi nada que todo parecía normal y que había soldados por doquier.
_ ¿Es todo?

_Si su señoría, porque en verdad no vi nada, él se molestaba conmigo, pero yo no podía mentirle, necesitaba que se revisara mi caso. – Dice el indio.
_ ¿Crees en Dios? – Pregunta ya medio desesperado el español.

_Por supuesto señor, en Jesucristo nuestro piadoso Señor, al que le rezo a todas horas para que vuelva a ver a los míos, y se me haga el milagro de que se me otorgue justicia.
_ ¿Juras, que todo lo que has dicho es cierto?

_Por supuesto su señoría, no tengo porque mentirle. – Dice sinceramente don José, santiguándose y besando sus dedos con los que simula la cruz.

El funcionario deja el interrogatorio, y don José queda nuevamente recluido hasta que nuevamente es requerido por el mismo funcionario, que le dice:

_Se ha revisado tu caso, y no se te otorgará clemencia, porque hay dos cosas que no ignoras, una que eres español y espiar para los franceses es alta traición, pero además proviniendo de la Nueva España bien podrías ser un espía de los insurgentes que quieren la independencia de la Colonia de la Nueva España. Quedarás preso hasta que se dicte la sentencia y se decida que hacer contigo

_Su señoría, yo solo vine a obtener justicia en mi caso, que es lo que vine a tratar.

_No volverás a la Nueva España, pero te prometo que tu caso se revisará. Lo que debes valorizar en este momento que por ahora conservas la cabeza arriba de los hombros.

Meses después Don José sufre las consecuencias del encierro en la sucia mazmorra y su salud flaquea y le comunican que será ejecutado por traición y le dicen que si tiene alguna última voluntad.

Don José pide que le permitan escribir a su familia para comunicarles su destino y despedirse de los suyos. Lo cual le es permitido y redactará una larga carta donde anuncia su final.

El cacique será escoltado por los guardias hacía uno de los patios del Escorial donde se ejecuta la condena por fusilamiento. Su consuelo antes de morir fue el que el funcionario le prometió que la carta que escribió llegaría a su destino. Cosa que le cumplieron porque la carta así sale de Madrid y de ahí recorre el camino hasta llegar a Sevilla, donde la suben a un navío en el que la corona española envía contingentes de soldados rumbo a la Nueva España para sofocar la revolución de independencia. Así llega la misiva en 1813 a la Nueva España, en tiempos de que en la colonia se desarrolla otra guerra de independencia, pero esta vez contra el rey Español ahora para transformarse en una nación independiente de España, donde un caudillo llamado José María Morelos y Pavón ha proclamado la independencia en un acta del llamado congreso del Anáhuac.

Capítulo 14

Pedro Patiño heredero del mayorazgo de los Ixtolinque

La fatal carta que escribió José Patiño Ixtolinque como última voluntad llegara meses después a la Villa de Coyoacán, y así sus deudos se enteran del trágico final del esposo y padre.

Don José hacía siete años que había salido de su finca en Coyoacán dejando a sus hijos y su esposa, como fuera no los dejó en desamparo, los largos litigios seguidos continuamente por los descendientes del primer cacique reconocido por España de Coyoacán había rendido algunos frutos.

En los inicios de la Colonia se reconoció a don Juan cacique como gobernador de la Villa de Coyoacán y gracias a su nobleza indiana había ido a España con el conquistador Hernán Cortés, donde inclusive algún pintor de la corte lo plasmó, en un lienzo que se quedó en España y el cual se conserva hasta la fecha, se entrevistó con el poderoso rey y emperador Carlos de Austria y como gobernador le correspondió algunos dineros gracias a ser reconocido como cacique y de esos reconocimientos por el entroncamiento probado de don José Patiño Ixtolinque algunos dineros todavía por ese entonces le daba la colonia virreinal y además todavía le quedaban algunas tierras que le daban algunos dineros a la esposa del finado don José. Sus hijos habían crecido y el primogénito llamado Pedro Patiño Ixtolinque, que ya era un joven de casi veinte años leyó la larga carta que su padre envió de España como su última voluntad nombrando a su primogénito como heredero de su nobleza y con la encomienda de que no permitiera que les birlaran sus tierras, obviamente le indicó que acudiera con el Licenciado Ojeda para que conociera los pormenores del juicio y de las propiedades que le correspondían como heredero de su padre.

Pedro Patiño era hijo de mestiza y en realidad ya poco de indio tenía y como fuera con las tierras y lo que el virreinato les daba alcanzó para recibir alguna educación.

Así que Pedro decidió ir como lo pidió su padre a ver al licenciado Ojeda para enterarse del escabroso asunto, del que decía su padre debía lograr que se hiciera justicia a pesar de la sentencia de prescripción que obtuvieron los religiosos Carmelitas, Pedro alentado por su madre tomó la decisión de continuar con el cometido y que le había costado la vida a su progenitor, así salió de Coyoacán rumbo a la Ciudad de México para ver a Ojeda y enterarse de las novedades.

Cuando Pedro Patiño vio al licenciado Ojeda lo primero que dijo, fue que había muerto en España y de inmediato Ojeda le dio sus condolencias y le dijo circunspecto:

_Le recomendé a don José que no hiciera ese viaje. Le advertí que en España andaban mal las cosas y aunque por ese tiempo no sabía yo mucho de la realidad, insistí en que esperáramos la respuesta y la sentencia de alzada de las Cortes de Cádiz. Sin saber del descenso de tu padre, he mandado un ocurso legal para que se dicte la sentencia en España pero eso es todo lo que puedo hacer, hay que esperar ya que parece que en España todo está regularizado inclusive finco mis esperanzas en la constitución de Cádiz, ya que se ha limitado el poder del rey y como consecuencia del virrey aquí en la nueva España. Pero como sabes aquí todo está convulso y en eso se escuda la Real Audiencia. De haber sabido lo que acontece, no hubiera permitido esa aventura de tu padre cuando se marchó, como sabes en septiembre de 1810 inició una revuelta por el cura Hidalgo, la cual continúa. Inició para evitar que el gobierno siguiera afrancesado mandando recursos a José Napoleón y ahora no se sabe en qué parará todo esto, porque murió el cura de dolores y sus capitanes, hoy el cabecilla es el cura Morelos, pero él ahora busca la independencia de España.
Ahora está de virrey el conde de Calderón, recién nombrado, que ha nombrado como general de las tropas realistas a don Félix María Calleja del Rey, un buen militar, que espero acabe con la revuelta. Ahora a lo tuyo, te seré sincero. Si antes de estos graves conflictos no se resolvía nada en la Real Audiencia con esta lucha menos. Subsiste el virreinato casi de la caridad, no hay asuntos y no hay dineros, y mientras esta revolución dure me empobrezco y como yo muchos, confiemos en que se revise la sentencia de revista en la Madre Patria, no queda más que esperar. Pero te advierto, no te hagas la menor de las ilusiones porque en esta ocasión ni tu

padre está aquí, y en las condiciones actuales, a nadie le importa la justicia porque lo importante es sofocar la rebelión, y créeme hay muchos que quieren dejar de pertenecer a un gobierno el que poco ha dado y ha quitado mucho.

_Señoría, plata traigo para que retome el asunto.
_Con las malas noticias que don José Patiño recibo pienso que todo lo que pasó fue en balde, y a pesar de saber que es casi imposible que se logre algo, decido retomar el asunto pero sin prometerte nada.- Así el licenciado Ojeda recibe la plata que le da Pedro Patiño sintiendo algo de remordimiento, pero como están las cosas no puede despreciar unos dineros que tanta falta le hacen

Sin embargo Ojeda recuerda algo que les podría beneficiar y le dice A Pedro Patiño:

_Hace algún tiempo estando tu padre en España yo fui a la Real Audiencia y conocía unos indígenas del pueblo de Totolapan, los que no cejan de su lucha por las tierras que les reconoció tu antepasado Ixtolinque, ellos traían unos documentos virreinales y varías actuaciones del comendador de su majestad. Dichos documentos dan constancia de la entrega y deslinde de las tierras que a los naturales de San Nicolás Totolapan y a la Magdalena que les reconocieron las autoridades virreinales, sabiendo ellos que yo peleo contra los Carmelitas me permitieron verlos y tomar algunas notas, y así me enteré que a tu antepasado don Juan Guzmán de Ixtolinque lo pusieron en posesión de su enorme señorío, tal y como lo decían las Reales Cedulas que trajo constancia de España tu padre, siendo el mismo corregidor que lo puso en posesión de las tierras que amparan las mercedes de los reyes de España.- Los ojos del joven Pedro Patiño se iluminan y sin poderse contener interrumpe al licenciado Ojeda diciendo:

_Entonces es posible saber fehacientemente cuales eran las tierras de don Juan Ixtolinque Guzmán y eso nos permitirá saber que queda de mi mayorazgo.
_Por supuesto, pero te lo diré, si es que tienes tiempo, porque es una larga historia.- Dice Ojeda.
_ A eso he venido, y estoy de cierto que ese era el deseo de mi fallecido padre, así que continúe su señoría:

_Para tu consuelo, las aventuras de tú padre en la Madre Patria no fueron en vano y aunque algo ya sabíamos acerca de las Reales Cedulas en que le reconocieron las tierras al cacique Ixtolinque, tú porfiado progenitor logró traer el texto de todas ellas inclusive las que expidió el hijo del rey don Carlos de Austria, su majestad el rey Felipe II. En dichas cedulas según su texto el mayorazgo reconocido como heredad era enorme, ya que incluía todo el señorío de Coyoacán como lo detentó Ixtolinque por sus antepasados. Según la Real Cédula firmada por el rey don Carlos I de España y por su loca madre, la reina doña Juana. Las tierras que le reconocieron son las que daban en cuadro, teniendo como lindero al norte el camino que por ese entonces iba de la ya llamada Villa de Coyoacán a la Ciudad de México, y que no era otro que el antiguo camino prehispánico, que existía desde tiempo inmemorial, por lo que llegaba hasta el cerro del Chapulín llamado Chapultepec, en tanto por el sur se dice que la heredad reconocida llegaba hasta los montes de la Serranía del Ajusco, por el poniente se describe los montes que están a ese viento, y que incluyen lo que son las tierras que hoy llamamos Cuajimalpa, incluido el Santo Desierto en ilícita posesión de los religiosos Carmelitas, ves es enorme. Dice Ojeda.

_Perdón su señoría pero no me dijo hasta donde llegaba al viento oriéntelas tierras.

_Tienes razón, al oriente se describen los montes de lo que hoy sería San Agustín de las Cuevas, a la que los indígenas llaman Tlalpan, sin embargo no es difícil ubicar las tierras ya que por el oriente estaba el Lago de Texcoco, que de hecho era el lindero oriente y para precisarte como están ahora, los mencionados montes serían los llamados Xitle, el grande, y el que hizo erupción ya hace siglos, y bajando con viento norte están el llamado Cerro de Zacayucan y el de Zacatepec o Zacaltepetl.
_Tiene razón licenciado, las tierras son una enorme heredad, pero no entiendo porque solo se están peleando las tierras del Santo Desierto, si hay mucha más tierra y por demás más valiosa que aquella.

_ Olvidé que tú no eres tú padre, él sí sabía que había acontecido con la tierra perfectamente, así que te pondré al tanto, para que entiendas porqué solo se está peleando el Santo Desierto.
Antes que nada te mostraré los planos de lo que fue la cuenca del Valle de Anáhuac y mires el Lago de Texcoco y te ubiques perfectamente, te mostraré el plano de Coyoacán, como lo tenían las autoridades en el año de 1715. Esto te lo muestro para que sepas en que gasto los duros que me ha dado tu finado padre.
_ Ubicándome, hay más de lo que yo pensaba.

_No tan rápido jovencito. Es cierto que eso dicen las Reales Cedulas, pero he de advertirte que el cacique Ixtolinque ya hubiera sido por lealtad hacía los indios que fueron sus aliados en tiempos de la Conquista, o por mera conveniencia para su parte y la del conquistador, dueño del Marquesado del Valle de Oaxaca don Hernán Cortés, les otorgaron tierras a los indios de lo que fueron sus aliados de los calpulis o barrios del señorío de Coyoacán.

_ ¿Por qué decís? que por conveniencia, o lealtad.

_ Lealtad, porque esos barrios y sus tlatoque o señores se unieron a Ixtolinque y por supuesto a los españoles para con su participación al fin cayera la gran Tenochtitlán. Pero si digo que por conveniencia, es porque hay sobradas razones para creerlo. Las Reales Cédulas dicen que además de salvarle Ixtolinque varías veces la propia vida de Cortés, el cacique logró que los indios del Ajusco bajaran de la serranía y se apegaran al nuevo estado de cosas en la Nueva España. Como sabes, desde que inició la Colonia se instituyó la encomienda pero en realidad desde Cortés se otorgaron partidas de indios a los españoles, pero esa institución fue deformada convirtiéndola en esclavitud, inclusive se les aplicaron grilletes a los indios y se les marco como animales con hierro candente.
Con ese y otros motivos acerca de su creencia huyeron los naturales de esos barrios a la serranía del Ajusco, y con eso la tierra sería improductiva y por ese entonces la economía se basaba en los tributos que le deberían pagar los indios a Ixtolinque, y este a su vez a Cortés como marques del Valle, así que decidieron refundar los barrios antiguos, en pueblos

conforme a la idea de la Santísima Madre Iglesia y así se refundaron los pueblos de Coyoacán, de los que recuerdo, se establecieron los indios de Totolapan en lo que hoy le llaman san Nicolás Totolapan, y en la Magdalena, en Ocotepec, y en varios pueblos de Cuajimalpa.

A esos pueblos refundados Ixtolinque les reconoció tierras para que las trabajaran, y así le pagaran una parte de lo que se producía a él como cacique de Coyoacán.

Por otra parte debes saber cómo tu padre, que algunas tierras las donó Ixtolinque a su hermana, allá por la zona del mal país de Copilco, y las tierras de los pueblos autóctonos de Coyoacán propiamente dicho, y las de los pueblos de Cuajimalpa, por eso queda la tierra del Santo desierto y está en espera de la sentencia de Alzada. Por otra parte tu padre arrendó las tierras de Xotepingo y de Chimalistac y reconoció parte de la tierra en los Reyes Coyoacán a familiares, y a los indios amigos de ese pueblo.

_Entiendo, pero por lo que veo y sé, los indios de esos pueblos también han sido birlados en su tierra.- Dice Pedro.

_Es cierto, los indios y una pariente tuya acudieron ante las autoridades coloniales, según me demostraron los indios con sus papeles y memorial de las tierras que les reconoció Ixtolinque para a demandar a unos terratenientes apellidados Eslava, pero para no hacerte el cuento largo, así como a nuestros contrarios les beneficiaron con una ilícita prescripción, en verdad los casos de ellos y el de nosotros, tienen el mismo acto y es la dudosa adquisición del señorío de Coyoacán por un supuesto remate que sufrió el español Sosa Perea, y se adjudicó la heredad de ustedes y las tierras de los indios a los religiosos Carmelitas.

Los del pueblo de San Nicolás Totolapan me expresaron que siguen y seguirán con sus acciones, para recuperar sus tierras. Es otro de esos litigios interminables en esta colonia donde la justicia no camina y si lo hace, es a paso de tortuga.

Debes tener paciencia y esperar por quien sabe cuánto tiempo para que las cortes de Cádiz en España resuelvan nuestra apelación de alzada, pero tú eres muy joven aún y esperemos que dios te preste vida para ver coronados los esfuerzos de tu padre.
Ya es tarde y me voy pero te prometo que te mantendré al tanto de la contestación a la misiva que envié a España.

_Una cosa más su señoría quisiera saber las probabilidades de que la resolución de las cortes españolas nos sea favorable, simplemente para saber si la muerte de mi señor padre ha sido en vano.

_ Te repito no fue la mejor decisión ir a la Madre Patria, ni siquiera la ves primera, consiguió las Cedulas Reales con lo que ese viaje para nada fue sin caso, y tampoco el segundo lo fue, porque como fuera tu padre al que Dios lo tenga en su Santa Gloria, dejó el escrito para la alzada, y por demás dejó peticiones de excitativa de justicia en las cortes españolas explicando ampliamente como opera la justicia en esta Nueva España.

Capítulo 15

Paciencia, no hay de otra

En realidad el licenciado Ojeda no había tenido prisa por deshacerse de Pedro Patiño, sino que tenía prisa por ir al estanquillo para con los dineros recibidos por sus honorarios comprar algo de comida para su familia, ya que los clientes brillaban por su ausencia toda vez que aunque había paz en la Ciudad de México era beligerante, se había sabido que el cura Hidalgo después de la sangrienta toma de la alhóndiga de granaditas, había amenazado con tomar la capital a sangre y fuego, incluso se supo que el cura Hidalgo llegó hasta el cerro de las Cruces ya en la capital y que no la tomó porqué el cura de Dolores flaqueó, provocando la molestia de sus lugar tenientes Allende y Aldama, y aconteció lo que ellos suponían, la que la lucha por la Independencia se prolongó, y lo que ya sabían por boca de muchos que el cura Hidalgo fue aprisionado, sometido al Tribunal del Santo oficio y después fusilado. Como fuera en la ciudad capital no había lucha armada, pero en muchas provincias si la había, pero como fuera, la situación económica de muchos sufría a causa de la Revolución de Independencia y el licenciado Ojeda era uno de ellos.

Por ese entonces siendo el año de 1813 el caudillo de la lucha por la independencia don José María Morelos organiza el llamado Congreso del Anáhuac, como consecuencia trajo la promulgación de la primera constitución dada en

Apatzingán el 22 de octubre de 1814, de la que el mismo Morelos dirá, que es mala, e impracticable su contenido.

El licenciado Ojeda pondrá al tanto al cacique ahora don Pedro Patiño Ixtolinque en otra de las visitas que le hace para enterarse si ya hay la esperada resolución proveniente de España, y aduciendo como pretexto la lucha armada, que ya se ha prolongado, le dice:

_ Pedro creo que debemos olvidarnos, cuando menos por el momento de la fatídica resolución de alzada, no creo que en España les importe ese juicio ya que tienen problemas mayores, y como tú sabes es la lucha por la Independencia continúa a pesar de la ejecución de muchos de los capitanes de los insurgentes.

_Eso ya me lo habías dicho por carta. Ahora aprovechando que he venido a la ciudad te vine a ver, para que me digas con sinceridad, a que me puedo atener.

_Déjame explicarte. Los independentistas han promulgado una constitución para el nuevo país al que ya llaman, la república del Anáhuac, y eso significa que si triunfan los rebeldes habrá un nuevo país y nuevas leyes, y siendo sincero, al no estar promulgadas ni estar escrito su contenido, no te puedo decir que acontecerá con tu asunto, y la verdad has estado esperando que en España se resuelva tu apelación que en es improbable que llegue a resolverse, y dado que no hay garantías de que en caso de que suceda la sentencia te sea favorable, difícilmente se ejecutará. Pero debes pensar en que es posible que triunfen los revolucionarios y se cree un nuevo país y tardará mucho tiempo en dictarse las nuevas leyes, por lo tanto quien sabe hasta cuándo podremos reiniciar un nuevo juicio, si es que estamos vivos para cuando se dé esa posibilidad. Creo que lo mejor es que ya no abrigues esperanzas y ya no gastes dinero, el que en estos tiempos se requiere para sobrevivir.

Don Pedro Patiño que no es obtuso se convence que lo que le ha dicho su abogado es cierto, y así se resigna a lo que venga siguiendo el consejo del licenciado Ojeda. Así que queda en espera de que el tiempo diga la última palabra.

_Bueno si no hay de otra, que se puede hacer más que esperar. Sin embargo por alguna otra causa me vinieron a ver los indios de Totolapan para que les asesore en cómo recuperar sus tierras, ya sabes que los conocí en la Real Audiencia y con ese motivo pude ver su antiguo memorial, que está escrito en náhuatl y como ellos escribían, tiene las pinturas, y según me dijeron tiene la relación de las tierras que según dijeron el gobernador de Coyoacán les había reconocido en el año de 1535.

_Haber, barájamela más despacio, según me había dicho que el que les dio y reconoció las tierras fue el cacique Juan Ixtolinque y hoy dices que fue el gobernador.

_Pedro, el enorme Marquesado del Valle de Oaxaca de Hernán Cortés, que después se llamó el Estado del Valle, cuando se le reconocieron las tierras a Ixtolinque se le reconoció como gobernador de la villa de Coyoacán, cargo que en ese entonces fue hereditario y a la muerte de don Juan cacique, su hija lo sucedió, así que en ese año del Señor de 1535 estando en vida Ixtolinque era el gobernador, y este conforme a la costumbre en parte indígena, y convergiendo con la peninsular, reconoció públicamente las tierras y se realizó en forma de códice antiguo que es el memorial y mediante pregón con asistencia de los representantes del gobernador, al que por costumbre llamaban su gran señor, quedó como los papeles de su tierra. Ese códice fue el que vi, pero no fue lo único que tienen, pues trajeron una cédula virreinal firmada por el virrey don Luis de Velazco fechada en 1563, firmada inclusive por su secretario un tal Turcios, y según dijeron fue reconocida por que tenían ese memorial, y me enteré así de que el corregidor que en el año de 1559 don Pedro Fernández de cacho fue el que cumplió una Real Cedula, poniendo en posesión de sus tierras a tu antecesor Ixtolinque, puso también en posesión a los indios de San Nicolás Totolapan de las tierras reconocidas por tu pariente en ese códice que ellos me mostraron.

_Bueno siendo así y ellos quieren pelear lo suyo, por mi parte no hay objeción para que le auxilie en su caso, pero lo que sí es importante es que yo conozca cuáles son esas tierras, para en su caso y en lo posible actuemos juntos.- Dice Pedro con tranquilidad.

_ Pedro por eso tomé nota y según tengo escrito los linderos generales de ellos comprenden por el norte, hasta el camino de Contreras Tlalpan, lindando con el pedregal que son tierras que por ese entonces Ixtolinque donó a su hermana en la zona llamada de Mal País, que ahora llaman pedregal de Copilco, por el sur llegan hasta el Cerro del Xitle ya dentro de lo que llaman la Hacienda de San Isidro o del Arenal, continúan por el poniente, y llegando por ese viento, a los llamados Montes de San Nicolás, lindando con las tierras de Cuajimalpa y con el Santo Desierto, que sería si vencemos de nosotros, y por el oriente con los cerros de San Agustín de las Cuevas en Tlalpan, y los cerros que están en el pedregal del Xitle, Zacayucan y de Zacatepec o Zacaltepetl que significa lo mismo.

_Es bueno saberlo, pues como te dije si tú les asesoras, podríamos pelear contra esos ladrones juntos.

_ Qué bueno que eres optimista, yo simplemente aguardaré. Ellos creen que es posible que la lucha por la independencia se generalice y llegue a esta capital, y dijeron que en ese momento se unirían al movimiento para que se dicten leyes para los indios y al fin se pueda hacer justicia. Yo soy escéptico, y esa revolución ya lleva cinco años y ni con su constitución o sin ella falta que logren la independencia. Entre tanto o ganan o pierden los insurgentes, no nos queda más que aguardar a que se resuelva la alzada, ya no por la Madre Patria sino por el Reino de España.

Ese día se despidieron para esperar noticias ya fuera de España o de la Nueva España, como fuera el licenciado Ojeda no era un defensor a ultranza de la Revolución de Independencia, pero Pedro ya fuera por su sangre indiana o por esperanza de que las cosas cambiaran y hubiera justicia, que se despidió con la sonrisa en la boca de Ojeda, y prometió su licenciado procurador de tenerlo al tanto de todo lo que aconteciera, obviamente mediante correo que tardaba el sueño de los justos en llegar.

Las noticias llegan a la capital continuamente y don Pedro Patiño que ahora es interesado en los resultados que se den en la lucha armada, se entera de que el generalísimo don José María Morelos está sufriendo una serie de derrotas por parte del general realista don Mariano de la Concha, y finalmente llega la noticia de que Morelos es capturado y juzgado por el tribunal de la Santa Inquisición, por lo que es Fusilado en 22 de Octubre de 1815, en el poblado de San Cristóbal Ecatepec.

El cacique don Pedro de alguna manera recibe con beneplácito la noticia y no por desnacionalizado, puesto que el nació español y así ha vivido. Por demás es como fuera cacique reconocido, por la que llama a España y ya no la Madre Patria y estimando erróneamente que con la muerte del caudillo la lucha finiquitará.

Se dirige de inmediato con esperanza renovada a ver al licenciado Ojeda. Cuando llega se entera de que el despacho está cerrado, y tiene que ir a buscarlo a su domicilio particular, donde lo recibe un avejentado y empobrecido abogado, el que de inmediato le informa que ha dejado su actividad profesional porque los asuntos no caminan y no tiene ni en que caerse muerto, por lo que don Pedro se compadece de la precaria situación del abogado y le da algunas monedas, y con animosidad le dice, que Morelos murió fusilado, y cree que con su muerte todo acabó.
El licenciado lo mira, y le dice:

_ No comprendo tu alegría, porque con la muerte del caudillo nada cambia, debías saber que hay otros insurrectos. La lucha por la independencia de ninguna manera ha terminado. En realidad hay más generales en pie de lucha. En Tehuacán, cerca de Puebla, están las tropas del general Mier y Terán y también está en pie de lucha don Guadalupe Victoria, que está parapetado en el Molino del Rey. José francisco Osorno está con presencia en los llanos de Apan, en Zacatlán luchan los hermanos López Rayón, y don Nicolás Bravo y muchos más. Así que la lucha continuará, y en verdad nada ha cambiado, en tanto me muero de hambre porque ya no hay asuntos, y nadie gasta en obtener una justicia, que no saben si lo será si es que triunfan los rebeldes.

Te repito no albergues vanas esperanzas y olvida el asunto.- Concluye con ese consejo el abogado, que agradece las monedas y se despide del que fue su cliente.

La lucha en México continúa, obviamente en España están más preocupados por la Guerra de Independencia que por la justicia en la colonia.

Don Pedro Patiño Ixtolinque de Guzmán, en su calidad de heredero de don José irá esporádicamente a la Real Audiencia donde recibe, una, tras otra vez, la misma respuesta. No llega nada de España referente a la alzada, por lo que poco, a poco espació sus visitas, comprendiendo que nada llegará, cuando menos en tanto en la colonia no haya paz.

En vez de parar la lucha por la independencia de España se incrementa, tendrán que pasar varios años para que el siguiente virrey que sustituye a Calleja, don Juan Ruiz de Apodaca esté a punto de la victoria sobre los insurgentes, tan sólo sigue levantado en armas don Vicente Guerrero que es el último de los caudillos vivos, quien es perseguido por el realista Agustín de Iturbide, hasta que en febrero de 1821 se realiza la alianza entre el realista Iturbide y el comandante del sur don Vicente Guerrero, encontrándose en Acatempan para sellar el pacto para lograr la independencia de la Nueva España, la que será proclamada el 27 de septiembre de 1821 en acta de independencia la que será firmada el día siguiente por don Agustín de Iturbide, Don Vicente Guerrero y otros capitanes ex realistas, y algunos viejos independentistas, obviamente España no reconoce la independencia por lo que formalmente hablando la lucha continúa.

De eso, como todos en la Ciudad de México se enteran y por supuesto también en la vecina villa de Coyoacán, y Pedro Patiño recibe la noticia con alegría y como muchos tiene la esperanza de que con autoridades independientes las cosas en esta nueva nación cambiarán, pero lo que más le interesa por supuesto es la impartición de justicia.

Pedro Patiño se hace ilusiones de que con la nueva nación, libre de la nefasta institución de lo que fue la Real Audiencia su caso se resolverá y por supuesto que cree que será favorablemente, sonríe, ya que nunca llegó la esperada resolución de alzada, sin embargo está perfectamente consiente que falta mucho tiempo para que siquiera se organice el nuevo gobierno, por lo que decide ir a la Ciudad de México para ver al licenciado Ojeda, y días después llega a la casa de su procurador, y es hasta ese momento que toma cabal conciencia de que han pasado ocho largos años de que el tomo el caso a la muerte de su progenitor, y por supuesto que tiene muy presente todas las ocasiones en que fue a visitar a su licenciado para siempre recibir la contestación de que las cosas para Ojeda iban de mal en peor, y que por supuesto la añorada sentencia no llegaba, recuerda que como fuera le dejaba algunos dineros, los que agradecía su procurador.

Se presenta como en otras ocasiones y quien le atiende le informa que Ojeda falleció antes de la entrada del Ejercito Trigarante a la capital. Obviamente Pedro Patiño da el pésame y se retira tal como llegó, y piensa que como fuera Ojeda murió siendo Español.

Capítulo 16

En la colonia no hubo justicia, y en la nueva patria...

De vuelta a su casa en Coyoacán don Pedro Patiño Guzmán de Ixtolinque no pierde toda la esperanza de obtener justicia, porque piensa que todo lo que realizó con tesón en su vida su finado padre no ha servido de nada, bueno hasta la fecha. Sabe que su asunto ya nunca será resuelto por las cortes españolas y comprende que al nacer México independiente tardará en organizarse, no se equivoca.

Desde antes de la traición de don Agustín de Iturbide al Reino Español al cual servía como militar realista, la Real Audiencia no resolvía asunto legal alguno, porque como era de esperarse estaban los realistas más preocupados en vencer a los independentistas, sin embargo la realidad era que el único caudillo de la causa que quedaba en pie era don Vicente Guerrero, que ya prácticamente estaba derrotado, de hecho se había reducido la lucha de Independencia a guerrillas, por lo que se encontraba Guerrero oculto con su mermado ejército insurgente en la sierra del sur.

Don Agustín De Iturbide fue designado al mando de un gran ejército para acabar de una vez por todas con la insurgencia, ya al mando de las fuerzas realistas logró cercar al ejército guerrillero de don Vicente Guerrero. Entonces sucedió lo impensable, Iturbide conferenció con sus generales, todos criollos, los que hasta ese momento permanecían leales a la Corona Española, entre ellos estaban generales, que después se dirían los auténticos independentistas y patriotas. Ellos fraguaron y decidieron la traición al rey Fernando VII y al virrey Apodaca recientemente nombrado para el cargo, así se negoció con don Vicente Guerrero y se dio el histórico abraso de Acatempan y se pactó la unión en el llamado ejército Trigarante que entró como vencedor a la capital el día 27 de septiembre de 1821, por lo que supo don Pedro Patiño que nunca recibiría la sentencia de revista de parte del gobierno de España, y si acaso llegara la sentencia ya de nada serviría porque habría un nuevo gobierno en una nación recién nacida.

Don Pedro Patiño Ixtolinque que había permanecido ajeno a la lucha por la independencia tuvo una leve esperanza, que con una nueva naciente nación las cosas cambiarían para bien, después de la entrada del ejercito Trigarante para el gobierno de la nueva nación.

Al día siguiente de la entrada del ejercito Trigarante a la ciudad de México, se realizó la primera reunión de la Junta Gobernativa Nacional y previamente sus treinta y ocho miembros fueron a la catedral a firmar el plan de iguala y los tratados de Córdova, y se firmó oficialmente el Acta de Independencia a las nueve de la noche de ese día, en que declaró la Independencia Nacional, y más tarde se acordó iniciar el gobierno con una junta de gobierno de transición, donde sobresalía la figura de Iturbide y se hizo de lado a Guerrero, como fuera no había organización judicial.

De todo eso estuvo al pendiente don Pedro y sin asesoría de otro procurador que sustituyera a Ojeda, porque en realidad no tenía caso, se debía esperar a ver que acontecía, pues nadie sabía que sucedería después de nombrar la junta de gobierno, pero bien sabía que no había instituciones que pudieran ver su caso nuevamente conforme a lo que él y muchos esperaban en una nueva nación y que no era sino algo que añoraban, justicia.

Don José Patiño entendió que tendría que esperar para recibir la tan anhelada justicia, hasta que se organizara debidamente el aparato de justicia y si es que la justicia se daba. Sin embargo don Pedro perdía la esperanza, porque la iglesia siempre acomodaticia se acercaba a los hombres del poder para garantizar que la nueva nación iniciara como una patria católica, apostólica, y romana, tal como se había proclamado por la junta de gobierno y si eso no cambiaba de seguro los Padres Carmelitas de San Ángel conservarían su influencia, y sería imposible recuperar las tierras del Santo Desierto ubicado cerca de Cuajimalpa.

El inicio de la nueva nación fue vacilante, y como no lo iba a ser, la lucha que inicio don Miguel Hidalgo fue por la patria pero no por una nueva, sino por la llamada madre patria, España.

Hidalgo se levantó en armas contra un virreinato colaboracionista a los Bonaparte, nunca el cura de dolores pensó en una nueva nación, no sería sino hasta la irrupción del ciervo de la patria don José María Morelos y Pavón que se pensó en una patria independiente. Inclusive acudieron en un inicio hombres como Francisco Javier Mina, que antes de llegar a México luchó como patriota Español contra los franceses para instaurar la monarquía de Fernando VII, y posteriormente se decepcionó de la tiranía del rey español, y después de estar en el naciente Estados Unidos de América, se entusiasmó con la idea de un México independiente y se unió a la lucha independentista con el afán de que la colonia de la Nueva España no enviara recursos a España para el gobierno de Fernando VII, pereciendo en esta tierra en 1817.

Después de once largos años de lucha nacía la nación independiente, pero por desgracia producto de una traición por hombres carentes de un ideal nacionalista.
Esa situación quedo diáfana al declarar emperador a don Agustín de Iturbide, así nacía el llamado primer imperio Mejicano (si con jota) y así los ex realistas tomaban en sus manos el poder, llamando a la naciente nación con el nombre de la tribu nahuatlaca derrotada por los españoles, en un afán de heredarse el trono de Moctezuma Xocoyotzin, trono de oro que regaló el Señor de Acolhuacán Nezahualpili a Tízoc.

Nacía la nación con un trono imperial en manos de puro criollo los que pretendían crear a semejanza de España, trono, condes, y marqueses, por lo que inclusive se creó la Orden de Los Caballeros de Guadalupe. Por supuesto los verdaderos independentistas no entraban en los planes de los imperialistas. Los auténticos independentistas se tuvieron que conformar con ser miembros de los diputados, como fuera el Imperio Mejicano nacía con facultades limitadas gracias a las diputaciones que impuso Napoleón a la monarquía española, mientras tanto en España al absolutista rey, se le tuvo que imponer la conocida constitución de Cádiz y limitaron así el poder del rey.

Muy pronto iniciaron los conflictos en la nueva nación independiente y el flamante Imperio terminó su efímera vida en menos de un año, desapareciendo Iturbide de la escena política nacional. Nació entonces la república, por cierto sin proyecto nacional, porque el gobierno aún con los independentistas auténticos no les interesaba el indio.
Como fuera, para don Pedro Patiño, el gobierno independiente no se organizó, y la justicia continuó siendo la asignatura pendiente, ni siquiera se impartía justicia. Todavía don Pedro Patiño alcanzaría en vida a ver la unilateral promulgación del Acta de Independencia y el ascenso del emperador Iturbide, así también supo de su caída el 19 de Marzo de 1823, y vio nacer la primera constitución nacional del 4 de octubre de 1824, con lo que renació su esperanza de lograr la justicia anhelada.

La república inició con el primer presidente de la naciente nación, siendo electo don Guadalupe Victoria, un auténtico independentista que continuó en la lucha a pesar de la muerte del gran caudillo José María Morelos y Pavón.

Fue electo don Guadalupe Victoria como el primer presidente constitucional del México independiente por un periodo de cuatro años, el cual concluyó correctamente, como fuera logró que se legislara la primer constitución del México independiente y en 1824 se inició formalmente a impartir justicia, pero habrá que imaginarse que condiciones y dónde, porque los juzgados de letras se ubicaron en las cabeceras municipales y no en todas, y por demás la justicia era demasiado lenta, y estaba por verse si no se actuaría venialmente, interrogante que pronto se despejó, y como ya es sabido no nació la justicia mexicana exenta de corrupción, porque esa herencia dejada por la colonia no cambió en nada, y los jueces y oficiales de los juzgados, muchos de ellos provenientes de los juzgados de la colonia, continuaron con sus costumbres de vender la justicia al mejor postor, y privilegiando al poderoso en contra del indio, por lo que don Pedro Patiño Ixtolinque vio así frustrado sus anhelos de recuperar lo que era suyo y que le habían reconocido algunos reyes y virreyes. Por supuesto que don Juan Patiño Ixtolinque murió sin lograr que ni la colonia ni el naciente México independiente le hiciera Justicia, y fue de los que comprobaron que una nación sin justicia, es una nación condenada al fracaso.

Un país sin proyecto crea conflictos en vez de solucionarlos, así en la elección del sucesor de don Guadalupe Victoria resultó electo don Manuel Gómez Pedraza, que había sido militar realista al mando de Calleja y que cambió de bando, el México convulsivo resurgió, y se dio el primer golpe de estado de la historia nacional. Pedraza no pudo siquiera tomar el poder, surgió en ese momento la figura de un hombre que será de triste memoria, un ex militar realista que se unió al proyecto de Iturbide y que fue miembro de la Orden de los Caballeros de Guadalupe, la que se creó durante el efímero imperio. Ese singular hombre fue don Antonio López de Santa Ana, el que terminó imponiendo al caudillo independentista don Vicente Guerrero, que fue muy buen caudillo pero era casi analfabeta, diríamos incapacitado para gobernar. En su periodo de gobierno surgido de un golpe militar se dará el primer gran escándalo de corrupción con la compra de tres fragatas de guerra, de las cuales una nunca llego al país y otra estaba casi inservible, y solo una cumplió las expectativas, mal augurio fue ese hecho, porque la corrupción llegó para quedarse. En realidad como acontecerá en este país, esa acción venial quedo impune, sin que se supieran quienes fueron los responsables.

El presidente don Vicente Guerrero no terminó el periodo de cuatro años presidencial siendo obligado a renunciar y siendo designado para gobernar a don Manuel Gómez Pedraza, que fue el que había resultado electo antes del presidente don Vicente Guerrero y como vicepresidente don Anastasio Bustamante, que fue quien se encargó de perseguir a Vicente Guerrero, y gracias a una traición fue capturado el caudillo y murió fusilado en Oaxaca finalmente.

Como ya se ha dicho, la nación nació sin proyecto de gobierno, y por demás dividida entre los criollos que fueron militares realistas y los auténticos independentistas, que aceptaron, y se unieron a la traición de Iturbide, y los auténticos independentistas quedaron relegados en el gobierno naciente, perdiendo gran parte de su autoridad con el asesinato al último caudillo auténtico de la guerra por la Independencia don Vicente Guerrero.

La nación estaba quebrada económicamente y no había recursos para proyectos, por demás los políticos estaban divididos, y lo peor, las aspiraciones personales se anteponían a los intereses nacionales.

Pronto surgieron graves conflictos, y con ello numerosos planes golpistas sucesivos, concluyendo, los políticos terminaron peleando entre sí, tornándose en caudillos de incontables revueltas, las que crearon ingobernabilidad.

Por supuesto los caudillos volteaban los ojos hacia el indígena, al que utilizaban de carne de cañón, ya que los caudillos utilizaban las llamadas levas, obligando al indio a participar en esas ajenas luchas a sus intereses, porque el gobierno era para los criollos y de los criollos, así que México era independiente de España, pero propiedad de aquella casta de los españoles nacidos en la antigua Nueva España, por lo que para el indio nada había cambiado.

La nación no tenía fortaleza, ni cohesión. Nadie se percató de que los vecinos del norte sí tenían un proyecto de nación y unidad, creado por los llamados padres de la patria de ese país, los que dentro de su masón proyecto estaba la expansión territorial, y el viable candidato era nuestra débil nación.

Los norteamericanos iniciaron su cometido, nos enviaron al embajador Poinset con la misión de dividir aún más a los políticos mexicanos, y a convencer a los mismos de las bondades de la colonización de Texas, algo que repetirán los gringos siempre, mientras los que gobiernen veían sus intereses personales por arriba del interés nacional.

La inspiración o imitación del modelo de los padres de Norteamérica trajo como consecuencia la creación de logias masónicas, las primeras fueron acorde al rito escoses, pero el embajador Poinset introdujo el rito yorkino, logrando dividir aún más a los conflictivos políticos mexicanos de ese entonces.

Las logias masónicas aglutinaron a los políticos de filiación centralista, y federalista y a la larga se impusieron los federalistas, logrando una sui generis república federal, la que copió el modelo Norteamericano pero artificialmente, porque no éramos colonias como las inglesas, por la que de manera caprichosa se hizo la división política y territorial de las provincias, preparando sin intuirlo siquiera el robo que décadas después perpetuarían los gringos de medio territorio nacional.

México no lograba estabilizar su gobierno, lo que hizo posible el encumbramiento del héroe militar que evito la intentona de reconquista española, venciendo al general español Barradas en Tamaulipas, el joven general veracruzano de extracción criolla y militar realista don Antonio López de Santa Ana. Este veleidoso sujeto sería presidente de la república once veces, y a él se le endilgaría la perdida de medio territorio nacional quedando satanizado en la historia patria mexicana, y de paso exculpando a otros protagonistas del episodio, incluyendo a don Benito Juárez.

Por alguna razón venial, no se habló del plan gringo de expansión, porque la intervención norteamericana fue artera. El caso es que se responsabilizó únicamente, al inefable Santa Ana, que ni siquiera era presidente en funciones y firmó, lo que signó ¿Qué diría la ONU de ese suceso? Cuando se fundó el derecho de los judíos en un suceso histórico de hace casi 2000 años se permitió la invasión judía de Palestina. Entonces México tendría derecho a que le reintegrarán los territorios, por supuesto que no, pero sería de justicia histórica cuando menos aclarar sin mitos el acontecimiento para bien de la historia mexicana, tan proclive a crear personajes como arquetipos de nacionalismo de muy dudosa realidad. La verdad es que se fraguó la mutilación del territorio nacional desde ya hacía mucho tiempo y la situación del conflictivo México la hizo propicia, obviamente sin exculpar al veleidoso don Antonio López de Santa Ana.

Como fuera el país no lograba fraguar sus instituciones, ni siquiera obtenía la anhelada paz. Por supuesto la justicia seguía siendo una quimera y don Pedro Patiño Ixtolinque como su padre José, nunca obtuvo la justicia que tanto buscó y que lo llevo inclusive a las cortes españolas a buscarla, así moriría despojado de sus tierras, habiendo nacido como heredero del cacicazgo Tepaneca de Coyoacán con escudo de armas de nobleza española, siendo de la Nueva España y por lo tanto español de nacimiento, y por ultimo mexicano, en vez de ser anahuaquense o mesoamericano, porqué así murió. En verdad, todos los que hemos nacido en este país somos mesoamericanos y no norteamericanos, hay que defender esa identidad, no sea que algún día los mexicanos despierten siendo gringos...

Volviendo a don Pedro Patiño Ixtolinque, con tanta revuelta intestina en el nobel país que vio encumbrarse por un año a don Agustín de Iturbide, nacer la constitución como un país católico y ver que continuaba la influencia de los religiosos con los criollos y unos cuantos mestizos en el gobierno, pronto comprendió que la causa de sus pesares no tendría por lo pronto una solución, como fuera los desorganizados tribunales nacieron con los mismos vicios que los coloniales, y por demás había ausencia de leyes civiles codificadas y solo algunos códigos civiles se promulgaron en los estados en las vacilantes entidades federales cuando se siguió precisamente el sistema federal, como fuera la Ciudad de México o el Estado de México no vio un código civil sino hasta el año de 1870 en que se legisló un código civil con inspiración del Código Napoleónico con algunas normas del sistema norteamericano, resulta obvio que la justicia en nuestro país por casi cincuenta años era una asignatura pendiente en ese México compulsivo de la época inmediata a la independencia.

Pedro Patiño, por no dejar como se dice, en ocasiones cuando iba a la Ciudad de México, consultó con algunos procuradores legales acerca de su caso, el que no les interesó dado las circunstancias, ya fuera porque el asunto era contra los Padres Carmelitas o bien porque de alguna manera había aquella sentencia colonial de prescripción a favor de los religiosos, y por otra parte la vacilante organización, ya fuera en base al estado central o federal, no dejaba que se supiera a ciencia cierta a que autoridades jurisdiccionales le correspondía el asunto, ya que por ese entonces el territorio del fundo legal de la Ciudad de México no estaba definido y si la jurisdicción debía pertenecer al Estado de México, o a la propiamente Ciudad de México, ya que inclusive la cabecera de dicho estado inclusive estuvo en la Municipalidad de Tlalpan.

En esas condiciones el asunto de la causa de los Ixtolinque si bien no se olvidó sí dejó de ser prioridad para don Pedro Patiño el que esporádicamente acudía al palacio de gobierno en la Ciudad de México a enterarse que había respecto a la justicia civil, indicándole que debía acudir a los tribunales de letras con sede en la municipalidad de Tlalpan.

En alguna ocasión fue a Tlalpan por cuestión de negocios, y se decidió ir al juzgado de letras de esa entidad y se encontró con las autoridades del pueblo de San Nicolás Totolapan, que de alguna manera eran hermanos del mismo dolor, ya que también sobre ellos pesaba una resolución colonial de prescripción a favor de los dueños de la que ya se conocía como la Hacienda de San Nicolás Eslava.

Los naturales del pueblo de Totolapan le indicaron a don Pedro Patiño que a su parecer era pérdida de tiempo, porque los juzgados de letras les habían indicado, que no habiendo una legislación civil promulgada, las resoluciones coloniales tenían valides para conservar el orden establecido, y que por el momento no había nada que hacer, en tanto no se promulgara y publicara una legislación civil, y eso fue lo que lo convenció de que debía de olvidarse de su causa, ya que como fuera las autoridades españolas nunca resolvieron la cuestión planteada años atrás al tribunal de alzada español.

Como fuera don Pedro se enteró de la historia del pueblo de San Nicolás Totolapan, el que se refundó en lo que ellos llamaban Atlyhtíc, en la región de la hoy delegación de la Magdalena Contreras llamada municipalidad de San Ángel por ese entonces, y dijeron que sus papeles históricos consistentes en el memorial plasmado en el códice de su pueblo, así como en la cédula virreinal firmada por el virrey Luis de Velazco padre, y en base también en las constancias del corregidor Fernández de Cacho que les había confirmado su propiedad en común, debían ser respetadas aun existiendo el ilícito fallo de prescripción. Estando con ellos en el juzgado escuchó los alegatos del pueblo ante el juez de letras, para que este funcionario judicial les dijera lo que ya había escuchado, que mientras no hubiera un Código civil las resoluciones coloniales eran firmes.

Don Pedro regresó a su casa de Coyoacán para decirle a su esposa Cecilia Carrizora, madre de sus hijos Vicenta, Juana, Pedro Francisco, y José, que dejaría por el momento por la paz el asunto del Santo Desierto, sin embargo dijo que estaría al pendiente de que se legislara una legislación civil para retomar el asunto, ya que le pregunto al licenciado procurador de los del pueblo de San Nicolás Totolapan su parecer y le contestó que los Códigos Civiles europeos y más el llamado Código Napoleónico, consideraban como ley la teoría de las nulidades, la cual posibilitaba en su momento que era posible y hasta factible nulificar las ilícitas resoluciones emitidas por las veniales autoridades coloniales, pero eso sería hasta que se promulgara una legislación civil, diciéndole que el efímero Código Civil de Oaxaca ya había previsto la teoría de las nulidades.

Años pasarían hasta la promulgación de una nueva Constitución que llegó hasta 1857, sin embargo se habían promulgado diversos ordenamientos jurídicos, como las llamadas siete leyes constitucionales y reglamentos de efímera aplicación.

Don Pedro para vivir mejor y dado el aumento de la población vendió parte de sus propiedades y se conformó con eso.

Dejó Pedro Patiño su testamento, y heredó a favor de su esposa e hijos las tierras que creía algún día se recuperarían, con la cláusula de que debía de seguir el proceso para recuperar las tierras que le pertenecían por el cacicazgo de Coyoacán, y sobre todo las tierras que todavía detentaban por ese entonces los Religiosos Carmelitas del ya llamado Desierto Nuevo en Cuajimalpa, el que se llegará a reconocer como el Santo Desierto y después como Desierto de los Leones. Así los herederos de Pedro Patiño Ixtolinque continuarán la historia clamando justicia, intentando obtenerla en los juzgados de letras recién creados en la nación recientemente independizada, creyendo en una justicia imposible en este país, donde los vicios coloniales nunca han sido superados y la corrupción legal es la más sínica y corrupta, quizás del orbe. Siendo los jueces, magistrados, y ministros de la Suprema Corte, aún más corruptos y veniales que los políticos y funcionarios del poder ejecutivo y legislativo.
En su lecho de muerte el cacique moribundo recordará las palabras del licenciado Ojeda:

_Mientras nos gobiernen los gachupines, no habrá justicia.

Don Pedro Patiño en su lecho de muerte sonríe para sus adentros, y le pide a Dios que en verdad las cosas cambien y haya en verdad justicia en el México independiente, así encomienda su alma al Creador y fallece.
En realidad la injusticia continuó y el licenciado Ojeda se equivocó, porque no eran los españoles los corruptos y veniales, porque a pesar de tener ya más de doscientos años de independencia en este país, la asignatura más corrupta es

la justicia que se imparte en los juzgados de toda jurisdicción y nivel.

Capítulo 17

Patria nueva, justicia ausente

Tortuoso fue el inicio de una nación independiente, se firmó el acta de independencia pero unilateralmente, porque España no aceptó la independencia de la colonia a la que había explotado con buenos resultados. Claro que siendo justos, el Derecho a la conquista era aceptado y promovido por la iglesia y eso era una realidad, la que se dio por causas históricas generalmente aceptadas, inclusive por los indios mesoamericanos que poblaban las tierras de América.

En tanto inició la vida independiente como imperio al frente de él, Agustín de Iturbide, criollo y realista, el que como se dijo casi hasta el final traicionó a la Corona, al reunirse con Vicente Guerrero en Acatempán.

El experimento del Imperio tendrá una efímera vida, del 21 de mayo de 1822 al 19 de marzo de 1823 tan sólo diez meses, con lo que se deja de lado la idea monárquica y se pasa a la república, eligiendo ahora al insurgente Guadalupe Victoria, considerado criollo, es el primer presidente, conforme a la recién promulgada Constitución de 1824.

Los problemas continúan, el insurgente Nicolás Bravo se rebela contra Guadalupe Victoria, por negarse a expulsar al intervencionista embajador gringo Joel R. Poinset, rompiendo la paz, con o sin razón.

La Independencia tiene como prioridad consolidar el poder, y hacer justicia a los nuevos ciudadanos no es tan importante, por demás el gobierno es de criollos, y algunos mestizos, quedando como siempre marginados los indígenas. Triste es, pero los mexicanos deberían ya reconocer que ese desorden trajo como consecuencia la república simulada que hoy padecemos.

Guadalupe Victoria se preocupa de combatir a Nicolás Bravo y aun venciéndolo, poco puede hacer por meter orden en el gobierno republicano, así se convocan a las elecciones en 1828, resultando triunfador el realista y criollo Manuel Gómez Pedraza, al que el congreso retira del gabinete y declara nulas las elecciones, declarando presidente al mestizo de sangre negroide e insurgente Vicente Guerrero y vicepresidente al criollo y por demás ex militar realista, que fue de los que traicionaron con Iturbide a Calleja, Anastasio Bustamante, y que fue de esos que se dijeron independentistas, y patriotas.

El héroe de la independencia, el golpista don Vicente Guerrero tomará la presidencia el 1° de abril de 1829, haciendo aparición como ministro de hacienda Lorenzo Zavala, un yucateco que junto a don Juan Nepomuceno Almonte hijo natural de don José María Morelos traicionarán a la república, reconociendo la independencia de Texas.

Vicente Guerrero para pacificar la nación tuvo que tomar la decisión de declarar la expulsión de los españoles que buscaban la reconquista y nombrar al joven general de origen realista y criollo Antonio López de Santa Ana, para enfrentar las fuerzas españolas al mando del General Barradas que venían de España en la intentona española de la reconquista, donde Santa Ana obtiene la gran victoria de las fuerzas militares nacionales, la que no es recordada, porque quien la logró fue Santa Ana y es preferible recordar el cinco de mayo cuando Juárez era presidente, que al vende patrias de Santa Ana. Bueno así lo dice la historia oficial.

Ante la ausencia de Vicente Guerrero, se fraguó otro golpe de estado y lo declara el congreso incompetente para gobernar, convocando a elecciones donde el electo será el ex realista y criollo José María Bocanegra, quien será presidente por siete días y vicepresidente Anastasio Bustamante, quien tomará la presidencia el 1° de enero de 1830 al 13 de agosto de 1832.

En esas condiciones los herederos del indio don José Patiño Ixtolinque que fue a España poco pueden hacer por su litigio, si el poder ejecutivo es un desastre, peor son los juzgados civiles llamados juzgados de letras.

En verdad el nacimiento de la república es un desastre, porque la lucha del poder se da entre los viejos ex realistas y los insurgentes de sepa pura, en su mayoría ambos criollos, y el mestizo Vicente Guerrero es traicionado siendo tomado por preso, y fusilado el 14 de febrero de 1831, en Cuilapan Oaxaca, con la intervención de Anastasio Bustamante.

El gobierno es de criollos y para criollos, los mestizos son relegados y los indios tan sólo sirven de carne de cañón en las levas que efectúan los generales para sus revueltas.

Por demás habiendo sido la colonia exportadora de grandes recursos, y riquezas a España, las arcas de la nación están como siempre en bancarrota.

Anastasio Bustamante combatirá a Santa Ana y ascenderá como presidente interino el 14 de agosto de 1832, en tanto la lucha entre los ex realistas por el poder continúa, pero al fin se llega a un acuerdo entre Bustamante, Gómez Pedraza, y Santa Ana, para que Manuel Gómez Pedraza al fin sea presidente constitucional, cargo que asume del 24 de diciembre de 1832, al 31 de marzo de 1833, tres meses de gobierno pero ni siquiera toma posesión.

México no tiene un rumbo fijo, nace como una nación sin proyecto definido, ni siquiera con el ideal que el conquistador don Hernán Cortés plasmó en su testamento, en que deseó, que algún día, indios y españoles vivieran en paz para crear una nueva nación.

A falta de proyecto, los que fueron realistas transformados en independentistas con Agustín de Iturbide, todos criollos con conciencia de clase, luchan entre sí por consolidar el poder. El país políticamente es un desastre y peor lo son los juzgados de letras, en realidad la república da tumbos y es presa fácil de traidores por ambiciones personales.

Los criollos no resultan mejores que sus ascendientes españoles, el nuevo cacique de Coyoacán, ya sin ese reconocimiento sino como simple ciudadano indígena se convierte en testigo de los acontecimientos en un país que sufre convulsiones, y verá pasar innumerables presidentes sustitutos e interinos manipulados por tres hombres, Santa Ana, Anastasio Bustamante, y Manuel Gómez Pedraza, tres ex realistas que estuvieron a las órdenes de Calleja, e Iturbide ahora son los patriotas, que pretenden el anhelado trono de Moctezuma Xocoyotzin.
El hombre fuerte será a fin de cuentas Antonio López de Santa Ana, quien será presidente en once ocasiones a partir de 1833, retirándose tantas veces de la presidencia, algunas para combatir causas y otras por veleidoso. El país ni con él consolida las instituciones, y ya por ese entonces se comienza a decir, pobre país, donde los mexicanos no saben obedecer y donde tampoco saben gobernar, y eso es música para los oídos de los gobernantes de Norteamérica que aspiran a crecer a costa del territorio nacional, el que fue algún día el norte de la Nueva España.

En 1836 se pierde la guerra contra los texanos americanos y también la que se fragua por los gringos en 1846 – 1848 con su aspiración de hacer crecer sus territorios, perdiéndose como resultado de la guerra México- Norteamericana casi la mitad de lo que era parte del territorio mexicano, en un verdadero despojo de los norteamericanos.

En verdad el país no encuentra el rumbo, el cacique heredero de aquel José Patiño Ixtolinque que fue dos veces a España, don Pedro Patiño también verá frustrado el cumplir con el testamento de su padre para recuperar las tierras birladas

por los Padres Carmelitas, porque la justicia no funciona en esas condiciones, ni siquiera hay para pagar a los jueces y oficiales de los juzgados, ni tampoco hay autoridades que apliquen coercitivamente la ley.
El indio continúa sometido y olvidado, hay un cambio de estatus, México es mutilado pero independiente, en tanto el indio continúa sufriendo los mismos males de la colonia, pero ahora con los hombres emanados de la lucha por la Independencia que en realidad eran criollos de poderosas familias que vieron la oportunidad de hacerse del poder, y sin sentimientos de formar una nación. Parece que ese será el síndrome del devenir de esta golpeada nación, la que tiene forma de cuerno de la abundancia pero que solo sirve para saquearlo.

México se convierte en un país golpeado, e incapaz de encontrar un rumbo para crear una nación justa, y resulta presa de veniales sujetos, donde el criollo Santa Ana será el hombre fuerte de la nación y por demás es nombrado dos veces como Benemérito de la Patria, criollo de cuna, el que logró ingresar a los dieciséis años de edad al ejercito realista español el 6 de julio de 1810, poco antes del llamado Grito de Independencia, como simple cadete de infantería. Su carrera política inició en 1821, cuando gracias a su genio militar derrotó a los independentistas en la ciudad de Orizaba cercana al puerto de Veracruz y gracias a eso fue ascendido por el virrey a teniente coronel, y nombrado comandante en jefe de la plaza de Veracruz.

Más tarde se unió a las fuerzas de Iturbide y apoyó el llamado plan de Iguala y con eso ingresó de lleno a la política de la nueva nación declarada unilateralmente independiente, y después inicia su ascenso vertiginoso para tomar el poder. Apoya el golpe en que don Vicente Guerrero, es nombrado presidente de la nueva nación y nombra a Santa Ana jefe del ejército.

En 1829 al mando de los ejércitos nacionales Santa Ana derrota al general español Barradas, que llegó al puerto de Tampico, para tratar de realizar la reconquista y es llamado Santa Ana el héroe de Tampico, y más tarde por esa acción será nombrado por primera vez como Benemérito de la Patria.

Finalmente alcanzó la presidencia en el año de 1833, y cinco años después aconteció el episodio conocido en México como la Guerra de los Pasteles, en que el gobierno francés envió a invadir el país. Santa Ana se puso personalmente al mando del ejército para luchar contra el extranjero invasor y se dirigió hacia el puerto de Veracruz donde resultó derrotado y perdió una pierna, la que recibió un especial y absurdo culto a la extremidad perdida, y aconteció que por su supuesto heroísmo nuevamente y por segunda vez, fue nombrado Benemérito de la Patria a pesar de la derrota.

El veleidoso dos veces Benemérito de la Patria en 1848 nuevamente tomó el mando del ejército mexicano en contra de la Invasión Norteamericana, en la que resultó México mutilado y en la historia quedó el singular presidente once veces como traidor, endilgándole la historia oficial de esta golpeada nación toda la absoluta responsabilidad de la pérdida del territorio nacional.

En esas condiciones de revueltas frecuentes, invasiones extranjeras, y francas agresiones aprovechándose de la debilidad de la nación, la que a nadie políticamente hablando, le interesaba lo que aconteciera en los tribunales, los que si funcionaban era de milagro, pero de seguro gracias a lo venialidad y la corrupción de jueces y oficiales de juzgados hacían sus negocitos, y tal parece que esa corrupción descarada llegó para quedarse, y en esas condiciones, ni el heredero de don José, aquel mestizo que fue a la Madre Patria a pedir justicia, no lograba siquiera reiniciar conforme a la ley mexicana reiniciar el litigio para recuperar sus tierras.

El país sufrió los sucesivos gobiernos de Santa Ana y sus extravagancias, hasta que finalmente fue desterrado del país en el año de 1854, y con ello renació la esperanza de que el país encontrara rumbo y destino.

Por supuesto que hubo muchos opositores al dictador, dentro de ellos destacó un abogado de extracción liberal, que creó un diario que se opuso a los caprichos del dictador y que será protagonista de la tercera parte de esta historia, ese abogado fue nada menos que el licenciado Ponciano Arraiga, un importante político liberal de la época.

Tercera parte

Capítulo 18

La causa celebre

Don Pedro Patiño falleció, dejando su testamento y nombrando albacea a su esposa doña Cecilia Carrizora, y como fuera todavía había algunas tierras de aquel mayorazgo, que era necesario que hubiera constancia legal de que ahora le pertenecían a los herederos del ex cacique, ya que formalmente había dejado de serlo con el nacimiento del México independiente que dejó de reconocer los títulos nobiliarios peninsulares y el de cacique eso era.

Doña Cecilia recordó la historia, que le había dicho su esposo ya siendo un hombre maduro y frustrado acerca de su padre que fue a España y que en vida

Conoció a un joven abogado de nombre Juan N. Carabeo en el juzgado de letras de Tlalpan y que tenía su despacho en la Ciudad de México. Según le dijo a don Pedro que su socio era nada menos que el prestigiado abogado don Ponciano Arriaga, y eso lo recordó la viuda, por lo que doña Cecilia busco en los papeles del finado don pedro y encontró la dirección para buscar a ese abogado, ya que en realidad ella no conocía a otro y necesitaba arreglar la sucesión de su difunto esposo.

Don Juan Nepomuceno Carabeo, era un abogado que por ese entonces cuando lo conoció don Pedro, asesoraba a los del pueblo de San Nicolás Totolapan, aunque para la muerte de el de cujus ya había dejado esos asuntos por la paz, sin embargo como abogado de ese pueblo, sabía ya mucho de los antecedentes del asunto de los Ixtolinque. Doña Cecilia ignora lo que hablaron ese abogado y su difunto esposo, la situación de aquel encuentro se dio así:

Después de aquella audiencia en que el Juez de Letras dijo que la prescripción en tanto no hubiera código civil era válida, saliendo se quedaron solos don pedro y el abogado y se dirigieron a una fonda de las que hay en rededor del palacio de gobierno de Tlalpan, donde Don Juan N. Carabeo escucha la historia del padre de Pedro Patiño, el licenciado queda meditabundo y le dijo:

_Don Pedro, la de su padre es una historia conmovedora y sobre todo una injusticia, quizás se pueda hacer algo.

_Su señoría, antes que nada tengo que decirle que soy pobre, apenas si gano lo suficiente para mantener a mi numerosa prole, no podría pagarle.

_Don Pedro no todo se hace por dinero, me interesa su asunto porque el nuevo Código Civil cuando se apruebe, estará inspirado en el Código Napoleónico y en el Derecho Romano, la teoría de las nulidades es explícita. Un acto ilícito no puede producir efectos jurídicos, y como todo será reciente, sería bueno, probar de que están hechos los jueces de los juzgados de letras. Claro que después de que se dicten los códigos, pues ya escuchó lo que por ahora dicen los jueces –Le dijo Juan N Carabeo sonriendo, en tanto se ilumina el rostro de don Pedro Patiño Ixtolinque, y le dice:

_Señoría, ¿En verdad, cree que se puede recuperar la tierra? Ya sabiendo que este asunto es añejo y que hay sentencias españolas en contra de mis intereses.

_No quiero darle falsas esperanzas, pero hay posibilidades, la Constitución vigente de 1824 es omisa en cuanto a la propiedad, reconoce la ancestral de la colonia.
Son válidos los títulos coloniales, pero no tiene por qué no tener validez los títulos otorgados por los reyes españoles, y como le digo la Teoría Romana de las Nulidades estará plasmada en nuestro código, si es por aplicación de la ley hay muchas posibilidades tanto de usted como de los pueblos del Ajusco. Sin embargo no confío en nuestros jueces, he sabido de ventas de sentencias al mejor postor, en eso la Independencia no ha logrado cambiar las malas costumbres de la colonia, sin embargo estoy dispuesto a intentarlo en su momento, que esperamos sea pronto. Por desgracia la justicia es lenta y dada la ubicación de los juzgados de letras, hasta para iniciar el proceso tienen grandes dificultades e implica gatos que yo absorberé en su momento que será en un tiempo y esperemos que sea pronto.- Le dice Don Juan N. Carabeo.
Por ahora nada se puede hacer tal y como ya se los dije a los naturales de San Nicolás Totolapan.
Usted sabe que tenemos que sufrir a Su Alteza Serenísima, al cojo veleidoso presidente. Sin embargo le digo que ya hay mucha oposición al maldito cojo y le puedo decir de buena fuente, que pronto caerá definitivamente.

_Señoría eso se dice todo el tiempo y siempre ha vuelto a la presidencia el cojo, así que no hay porque tener falsas esperanzas.

_ Don Pedro mis fuentes son confiables, quiero decirle que mi socio en el despacho es nada menos que el prestigioso licenciado don Ponciano Arriaga, quien además de ser jurista, es un político liberal en activo y es un férreo opositor de Santa Ana, inclusive hasta tuvo un periódico en que atacó a su alteza Serenísima, claro que el cojo lo clausuró, pero don Ponciano sigue en el partido liberal, cercano está a un hombre que es líder de ese partido don Benito Juárez García. Don Ponciano asegura que pronto caerá el presidente.
Uno de los cometidos del partido liberal es dictar un nuevo orden jurídico, desde una constitución y por supuesto las leyes secundarias que deben emanar de ella como el Código Civil, que como le dije preverán la teoría de las nulidades, por lo cual los actos ilícitos no deben surtir efecto legal alguno.

Todo lo que aconteció ese día don Pedro Patiño se lo platicó a su esposa, y se convenció de que era el apropiado don Juan N. Carabeo para llevar la sucesión de su esposo, y confió más en el abogado porque fue cierto que Santa Ana fue desterrado.

Días después doña Cecilia viaja a la Ciudad de México para encargarle los tramites de la sucesión de bienes de su difunto esposo, así llegó a la dirección que tenía apuntada del despacho de los abogados y que estaba como la de muchos de ellos ubicado en el centro de la Ciudad de México.

Doña Cecilia es recibida por un hombre larguirucho de pómulos salidos, frente muy amplia, nariz aguileña el que de alguna manera por su rostro no puede negar algún origen Maya – Quiche, ya que parece venir, de las tierras del llamado Estrecho de Tehuantepec, eso sí, está ataviado de la impecable levita de color gris oscuro casi negro, por lo que ella de inmediato supone que se trata de algún leguleyo, pero como fuera él la recibe con una amable sonrisa, preguntándole, que se le ofrece. Doña Cecilia, un tanto cohibida de inmediato le dice:

_ Soy la esposa del finado don Pedro Patiño. Como si su esposo fuera un personaje conocido por muchos en esa sociedad hermética de la nueva nación, por lo que el larguirucho hombre tiene que preguntar de quien está hablando.

La señora tiene que decir santo y seña de quien fue su esposo y en qué circunstancias conoció al licenciado don Juan N. Carabeo, el que escudriñando en sus recuerdos al fin da con aquel mestizo que conoció en los juzgados, y con una amable sonrisa le dice:

_Yo soy, Juan Nepomuceno Carabeo, y ya recuerdo a su difunto esposo, al que por lo que escuché Dios tenga en su Santa Gloria ¿en qué puedo, servirla? Tome asiento, por favor.

_He venido para pedirle que su señoría se encargue de los trámites ante el juzgado o autoridad que corresponda, para que los bienes y derechos que dejó al morir mi esposo pasen a sus legítimos herederos, pero tengo que hacerle una rogatoria.

_ A ver doña Cecilia con calma, primero dígame usted, cuales son los bienes que tenía su esposo al morir.

_ Como espero que recuerde, mi difunto esposo fue por herencia el cacique de Coyoacán, claro eso fue durante la Colonia pero no lo fue ya con el México Independiente, pero como fuera, todavía quedan algunas de las tierras que eran del Señorío que tenía mi esposo y es necesario regularizar los tramites, para que ese caudal pase a mis hijos como legítimos herederos.

_Eso acontecerá si es que tiene documentos con que comprobar que su difunto esposo fue el legítimo propietario de las tierras de lo que fue el Señorío de Coyoacán.

_ Señoría, no obran en mi poder pero si es que existen todavía, estarán en el archivo histórico de la Colonia, ahí encontrará los litigios que se llevaron por siglos por los ascendientes de mi esposo Pedro Patiño Ixtolinque.

_ Entonces eso es lo primero que tengo que constatar y pedir copias para que un escribano público realice las copias y de fe de su autenticidad, Pero aunque recuerdo algo de una plática que tuve con su finado esposo, no recuerdo todo el asunto que me platicó, así que iniciemos por el principio y dígame la historia de los bienes que pretenderemos pasen por sucesión a su familia.

Doña Cecilia relatara toda la historia con lujo de detalles y al finalizar el licenciado Carabeo le dice:

_Señora mía, si están los expedientes será factible que logremos probar la masa hereditaria, pero tendré que ver el expediente del juicio que según dice usted, está inconcluso porque las cortes españolas nunca resolvieron, obviamente con la situación de los tribunales y la posible revuelta para derrocar a Santa Ana por el momento no vale la pena entrar en el asunto del Santo Desierto de los Leones, pero acerca de los demás bienes y tierras de las que usted llama Xotepingo y de Los Reyes en Coyoacán y los pedregales que rodean ese poblado, si todo está en regla lo podemos incluir en la masa hereditaria.
Ahora por otra parte me ha dicho usted que los dineros le son escasos, pero acepto el caso por ahora de la herencia y yo financiaré los gastos y a cambio pactaremos el pago con algunas de las tierras de la herencia, obviamente que será módico y se lo propondré después de que vea los expedientes si es que existen en el Archivo Nacional, pues para estos asuntos es de vital importancia que existan las Reales Cédulas que trajo su suegro don José Patiño de España.

_ Señoría no eche en saco roto el asunto contra los padres Carmelitas ya que a mi suegro le costó la vida, y a mi esposo le gustaría que se continuaran.
Señoría, si se gana, estoy dispuesto a otorgar un porcentaje de lo obtenido.

_De acuerdo, será el veinte por ciento, pero del asunto referente al Santo Desierto, si es que se puede todavía hacer algo por él, necesitaremos hacer un contrato y me otorgará un poder para que yo pueda actuar a su nombre y representación, y después veré el expediente del sumario, el

cual debe existir en los archivos de la nación si es que no lo sustrajeron, o mutilaron durante estos convulsos años.
_Cuando usted lo disponga. – Dice feliz la señora, porque como fuera le ha dado el licenciado Carabeo alguna esperanza.

Don Juan N. Carabeo sale rumbo al vecino despacho de su amigo y socio don Ponciano Arriaga, quien fuera político afamado por haberse opuesto a su Alteza Serenísima Antonio López de Santa Ana cuando don Ponciano Arriaga fue diputado, por demás había sido creador de una revista de oposición al régimen santanista, y se dedica a litigar con gran prestigio de jurista. Don Ponciano, es conocido miembro del partido liberal donde militan prestigiados hombres incrustados en la política. Sin embargo la realidad nacional sigue siendo casi la misma desde la época de su Alteza Serenísima, el dictador Santa Ana. Sin embargo don Ponciano estima que el país va de mal en peor, porque el partido conservador se opone a una reforma de corte liberal.

Don Juan N. Carabeo se dirige a ver a don Ponciano, el que además de ser su amigo es su socio en el bufete de abogados, porque ambos por el momento se dedican a litigar.

Cuando llega al despacho y está con el prestigiado abogado, le dice don Juan:
_Ponciano hay una gran causa histórica que me he comprometido tomar, porque además hay una gran historia detrás del asunto legal, la que ya conocerás y creo que te será interesante máxime que es contra los cuervos. – Le dice Don Juan N. Carabeo, refiriéndose a la iglesia.

_ ¿Qué cura, u orden está involucrada? - Pregunta Ponciano interesado.

Don Ponciano Arriaga es un abogado y político liberal que está consciente de que la iglesia es uno de los elementos causantes del deplorable estado en que se encuentra la nación, y tiene fama como muchos liberales de come curas, por lo que al saber que el asunto es contra una orden religiosa, de inmediato atrae su interés. Don Juan lo mira, y tira una sonrisa, sabiendo de antemano que siendo en contra de la iglesia de seguro le interesará, entonces le explica diciendo:

_Es la Orden de los Carmelitas de San Ángel, esos que tienen su convento en las cercanías de Cuajimalpa en lo que ya llaman Desierto de los Leones, el que no es desierto ni hay leones. Pero su nombre se debe a que se le denominaba también desierto donde no hay gente, y lo de leones es, porque Tecuantitlán, significa lugar de fieras y así le llaman los indios de la zona. Es una enorme porción de Tierra boscosa con enormes riquezas. – Explica don Juan N. Carabeo.

_Qué bien, esos Zopilotes han estado involucrados en cuanto negocio turbio hay, se las dan de santurrones, pero son peor que el demonio, anda cuenta. – Dice Ponciano dejando pendiente lo que está escribiendo.
Don Juan N. Carabeo relata la historia contada por la viuda de don pedro Patiño, cuando concluye Ponciano Arriaga se pone de pie diciendo:

_Eso parece un cuento, creo que te han tomado el pelo, y si es cierto me parece increíble. Así que primero veremos el expediente original y si eso es cierto ya veremos cómo funcionan los tribunales, después de que caiga Santa Ana, como sea mi amigo Benito Juárez es el presidente del partido liberal, no quiero injusticia, pero sí tenemos ante quien quejarnos en caso de jueces veniales.- Aclara don Ponciano.

_Eso pensé, el indio don Pedro ya me dio el número de causa, revisaré el dato, y sí existe será un importante asunto. En unos días podré ver el expediente colonial y si es cierto ¿Te interesaría llevarlo conmigo como socios?- Advirtiéndote, que hay porcentaje, no honorarios. – Aclara Carabeo.

_Por supuesto, todo lo que sea contra esos zopilotes me interesa, son el cáncer de la nación, representan el poder conservador más recalcitrante. Se han birlado grandes propiedades y detentan el poder, son ellos los que quisieran que fuéramos nuevamente colonia española y abiertamente están de lado de los conservadores que son los vende patrias.

Te diré que dentro del partido liberal en su ideario están plasmadas varías reformas que cuando saquemos del poder al cojo, de seguro se implementarán y estimo que eso pronto acontecerá– Afirma Ponciano.

_Entonces te informaré de los resultados después de analizar el expediente, y en verdad quiero ver la cédula del rey para creer en la singular historia que me relató nuestro cliente. – Concluye don Juan N. Carabeo.

Días después, obviamente dando dádivas, el viejo expediente es localizado. Se alegra el licenciado Carabeo al constatar que ahí está la real cédula de Carlos IV que mencionó su cliente, la lee con detenimiento, constatando la veracidad de lo que expone acerca de la dotación que hicieron los reyes de España del señorío de Coyoacán a don Juan Guzmán de Ixtolinque, de inmediato se percata que no únicamente ampara el llamado Santo Desierto, sino una enorme extensión de tierra en la que ese han ubicado factorías, ranchos, y haciendas. En tanto lee toma nota de los parajes, linderos, y colindancias, levanta las cejas admirado por lo que leyó, y cierra y entrega el voluminoso expediente. Tiene prisa por darle la noticia a su socio Ponciano Arriaga.

En realidad esta admirado porque las Reales Cédulas que emitieron los reyes de España le reconocen al cacique de Coyoacán todo lo que fue el señorío tepaneca de ese mismo nombre, inclusive en el expediente ha visto un plano antiguo, el que detalla esas tierras que incluyen parte de Tlalpan, la Magdalena, hasta casi el cerro de Chapultepec, y comprende que eran las tierras que le hubieran correspondido al conquistador Hernán Cortés y que por su gestión se las reconoció el rey Carlos V al aliado del conquistador.

En verdad sale con más preguntas que respuestas, le intriga que aconteció con la demás tierra que era propiedad del original aliado de Cortés, el ancestro de don Pedro Patiño su cliente, obviamente que recuerda las que según los naturales de San Nicolás Totolapan adquirieron según lo sabía de boca de sus representantes , los que también le dijeron que existían otros memoriales como el suyo, donde el cacique

Ixtolinque donó tierras para la refundación de otros pueblos ubicados en la zona de Cuajimalpa que perteneció al Señorío de Coyoacán

Llega agitado por caminar de prisa, unas cuantas calles del archivo, al despacho, y cuando llega de inmediato le dice a su socio:

_Ponciano, es cierto.

_Es cierto ¿Qué? –Le pregunta, mirando Ponciano la expresión de Carabeo, y su agitación.

_Este Patiño es cacique de Coyoacán, bueno fue, no mintió la viuda don Pedro existe la Cédula Real que le emitió Carlos IV a su abuelo. – Afirma Carabeo.

_A ver, explícame con calma.- Dice don Ponciano, señalándole una silla para que se siente y recupere la respiración. Cuando se normaliza la respiración de don Juan N. Carabeo dice:

_Supongo que recuerdas el caso de la viuda de Pedro Patiño Ixtolinque.

_Por supuesto. – Dice Ponciano Arriaga.

_Fui al archivo, y comprobé que es cierto que su antepasado fue propietario del Señorío de Coyoacán.
La extensión de tierra es enorme, comprende todo el sur de la capital y más allá de ella. Tendré que localizar en el Archivo de la Nación algún plano antiguo para darnos una

idea de la vasta extensión de tierra, ya que comprende todo lo que hoy se conoce como Coyoacán.
Las tierras comprenden, desde el Ajusco hasta el centro de Coyoacán y mucha más tierra, eran, o son tierras de los Ixtolinque. Quiero entender, porque únicamente se ha litigado el Desierto de los Leones, ya que me di cuenta de que hay otra tierra, en realidad más valiosa que la del Desierto de los Leones.

_Muy bien, pero eso ocurrió hace ya trescientos años y de seguro que algo debe haber acontecido para que nuestro cliente no la incluya en su reclamo. Yo no me entusiasmaría ya que la tierra que reclamaremos la detentan desde hace mucho tiempo los religiosos, y no te olvides que el clero es poderoso. – Dice Don Ponciano.

_Sí, en efecto. Pero recuerda que te expliqué que es fraudulenta la adquisición, que supuestamente hizo de las tierras de los Ixtolinque los Padres Carmelitas. Todo está documentado, es cuestión de buscar en los archivos. Recuerda que según la teoría de las nulidades los fraudes no producen efectos, creo que podemos obtener una sentencia favorable si reabrimos el caso, obviamente después de que caiga el cojo. –Le dice Juan N. Carabeo.

_Si todo fuera legal, no lo dudo, pero estando la iglesia detrás del fraude, será una misión difícil, por demás sabes que esos tinterillos que tenemos por jueces están prestos a venderse al mejor postor, ese es un mal heredado de los españoles y creo que ese mal será eterno. – Afirma don Ponciano.

_Lo sé Ponciano, la justicia está peor que en la colonia con su Alteza Serenísima don Antonio López de Santa Ana, el país ha ido de mal en peor, nada funciona, pero toma en cuenta de que ya todos estamos hartos del cojo, y conste que yo no soy republicano ni nada que me encasille en la política, la que aborrezco aunque sé que tú la amas – Explica Juan N. Carabeo.

_Más yo, que nadie lo he atacado con vehemencia, soy de sus principales detractores – Afirma don Ponciano, refiriéndose al general Santa Ana.

_Precisamente por eso debemos entrarle al asunto, podemos evidenciar el sistema judicial tan corrupto que padecemos. Es una buena oportunidad de demostrar que mientras el cojo sea el factor de poder, todo seguirá podrido en este país. Sabes bien Ponciano que la iglesia apoya incondicionalmente a su Alteza Serenísima, es una simbiosis, así se garantizan ser los mayores terratenientes de esta mutilada nación en tanto tengan sumido al pueblo con la religión y con el culto de la Virgen gachupina de Guadalupe, nada cambiará, es una oportunidad de evidenciar lo que ha hecho la iglesia desde tiempos de la colonia. – Dice Carabeo tratando de animar a Ponciano Arriaga.

_Lo pensaré, porque todo implica gastos, la revista que edito no deja dinero, cuesta, si no fuera por algunos liberales que me ayudan ya hubiera yo muerto de hambre.

No sé si valga la pena entrarle al asunto de los Ixtolinque, porque la justicia es lenta. Simplemente para emplazar a los carmelitas hasta el Santo Desierto, es una aventura y hay que pagar para hacerlo, implicará muchos gastos. – Afirma Ponciano Arriaga.

_Estoy consciente, pero para mejorar la justicia nadie hace nada, un país sin justicia, está condenado al fracaso. Nuestros tribunales son fábricas de resentidos, por eso no hay patriotismo, cada sentencia injusta crea un desnacionalizado, por eso, nos ha pasado lo que sufrimos, perdimos la guerra contra los gringos, nos faltó patriotismo, en realidad nadie apoyó contra la invasión americana. ¿A quién le importó?
Nos gobiernan los criollos, los mestizos somos mexicanos de segunda y los indios ven tan lejano al país, que si no fuera por las levas ni quien tomaría las armas.
Los generales pronuncian levantamiento tras levantamiento, van a los pueblos, prometen y prometen todo lo que necesitan los indios que sólo sirven de carne de cañón y para colmar ambiciones personales, y si no los convencen viene la leva. El indio sirve para eso, ya no tiene nada, a través de trescientos años les hemos robado sus tierras, y no únicamente eso les hemos robado, les dejamos sin dignidad. Es una oportunidad para pretender que se haga justicia. – Dice emocionado Juan N. Carabeo.

_Sabes lo que he sufrido por oponerme al cojo y lo que pienso de esos irrefrenables demonios con sotana. Nada me gustaría más que evidenciar un fraude de los religiosos, y por demás demostrar lo podrido del sistema judicial, pero no se sí esté dispuesto a que nosotros financiemos la causa, yo por el momento no puedo, veremos lo que se puede hacer, de todas maneras por ahora no lo podremos litigar así que concéntrate en la sucesión de tus clientes. – Dice don Ponciano.

_Mira Ponciano, que es una buena oportunidad para exhibir a los conservadores y a la iglesia, sus socios, hay gente importante, quizás eso inhiba a los jueces a hacer de sus acostumbradas porquerías – Dice Juan N. Carabeo.

_Tienes razón, si no lo intentamos la justicia seguirá igual o peor, lo intentaremos, pero en su momento por ahora trata de que se certifiquen copias de los documentos importantes del expediente y ya veremos cómo le hacemos para cubrir esos costos, pero no olvides que como sea los herederos tienen otras tierras y vendiendo algunas saldrá para los gastos y posiblemente algo de utilidad, recuerda que somos procuradores y del litigio vivimos.- Al fin acepta don Ponciano.

Los abogados toman en sus manos el asunto, al que le comienzan a llama por sus antecedentes como La Causa Celebre, inclusive a la viuda de don Pedro Patiño le financian el costo del poder ante el escribano público para poder litigar el asunto, en tanto la situación del país como siempre esta convulsa y los conservadores han ido a pedirle al dos veces Benemérito de la Patria, su ilustrísima señoría don Antonio que nos haga el favor de gobernarnos nuevamente, porque al parecer nadie más que él es capaz de hacerlo.

Por supuesto los que van a ver al general Santa Ana en su exilio son los diputados conservadores que hacen mayoría en la cámara de diputados. Sin embargo Santa Ana pide facultades especiales, las que lo convierten de hecho en dictador y los serviles diputados aceptan, porque están convencidos de que ese veleidoso hombre es el único capaz para gobernar el país.

El viernes 1° de abril de 1853 desembarca en Veracruz Antonio López de Santa Ana, nuevamente es recibido como presidente de la república, le entregan la constancia de su elección por el Congreso mayoritariamente constituido por conservadores, a pesar de tener gran parte de la culpa de perder medio territorio nacional.

El día 20 de abril entra en la capital del país, donde lo reciben los conservadores efusivamente. De inmediato el criollo veracruzano pasa al salón de sesiones de la Cámara de Diputados donde lo aguardan los diputados y también el pleno de la Suprema Corte de Justicia de la Nación, la que como siempre muestra su servilismo al titular del poder ejecutivo y está en contubernio con el poderoso conservador.

El demagogo presidente pronuncia su discurso después de la toma de jura por la Suprema Corte, diciendo que acepta el cargo a pesar del detrimento que implica para su salud. Entonces en el mismo acto recibe la condecoración llamada de Carlos III que le envió la reina de España.

Dos días después Santa Ana expide un decreto suprimiendo la libertad de prensa, por lo que Ponciano Arriaga tiene que cancelar su publicación y se inicia a gestar la idea entre los conservadores de convertir al país en un protectorado español, y se realiza la venta de la mesilla a los gringos.

En esas condiciones Ponciano Arriaga, liberal, tuvo gran actividad dejando de lado el asunto de Patiño Ixtolinque del que se ocupa Juan N. Carabeo, quien investiga en los mutilados archivos de la colonia todo lo concerniente al señorío de Coyoacán. Va descubriendo las ventas ilícitas de haciendas y ranchos efectuadas por los religiosos Carmelitas de San Ángel a partir de 1640, obviamente de por medio está el fraude, el que fraguaron los religiosos engañando aun disque heredero de Ixtolinque, de nombre Juan Hidalgo Guzmán, el que decía tener mejores derechos que los Ixtolinque. Muchas de ellas, propiedades que llegan hasta ese día, tales como la Hacienda de San Nicolás Eslava, el Rancho de Contreras, el Rancho de Ansaldo, la Hacienda de La Cañada, la Hacienda de San Isidro El Arenal, el Rancho del Tochihuitl, propiedad del curato de Tlalpan, y por supuesto, el Santo Desierto, propiedad de los Padres Carmelitas donde tienen su convento, la Hacienda de Guadalupe, el Rancho del Rosal, molinos, batanes, fábricas y otras propiedades de ricos terratenientes y de la iglesia.

Se percata Don Juan N. Carabeo de que la mayor parte de las haciendas, ranchos, y otras supuestas propiedades de particulares localizadas dentro de lo que fue el Marquesado del valle de Oaxaca, como se llamó al fundo del conquistador don Hernán Cortés resultan fraudulentas. Sin querer descubre otra realidad, en la que tal parece que Hernán Cortés no fue por mucho el ruin extranjero conquistador que abusó únicamente de los indios, la historia parecía ser otra muy distinta, ya que hay elementos que ponen de manifiesto cierto arrepentimiento del marqués, ya de viejo. La curiosidad le pica a don Juan, quien decide hacer por su cuenta una investigación documental acerca de la propiedad originaria del Marqués del Valle de Oaxaca para tener mejores elementos de prueba en el juicio que esta ya convencido va a litigar conjuntamente con don Ponciano Arriaga.

Capítulo 19

De sorpresa en sorpresa

Don Juan N. Carabeo por decisión propia se convierte en rata de archivo, le interesa el asunto de su cliente don Pedro Patiño Ixtolinque, pero ahora también desea saber acerca de los abusos de las autoridades coloniales, así que pide todo lo que localiza acerca del Marquesado del Valle de Oaxaca.

Don Juan se da cuenta de que el conquistador prometió y cumplió a los indios sus aliados respetar sus tierras porque encontró las constancias en el Archivo de la Nación consistentes en las Células Reales emitidas por el rey Carlos I de España y su madre la reina Doña Juana de Zaragoza, por medio de las cuales le reconocieron los méritos de conquista, a los señores de Tlaxcala, entre ellos a Ixtlixóchitl llamado el viejo y para Lorenzo Maxixcatzin y otros grandes señores de la Federación Tlaxcalteca.

También localizó la Cédula Real a favor del nieto de Netzahualcóyotl don Fernando Ixtlixóchitl y por supuesto que localizó la cedula del tepaneca Ixtolinque. Allí estaban las mercedes de tierras para los señores tlaxcalteca y de Huejotzingo con sus linderos, otorgadas y reconocidas como heredades a los grandes señores como les llamaban los indios a sus tlatoanis. Vio don Juan N. Carabeo la descripción de los escudos de armas otorgados a los señores, lo que los hizo parte de la clase noble peninsular, y les otorgó el título oficial de don y los nombraron caciques de sus respectivos pueblos.

De inmediato don Juan se percató que Cortés tuvo palabra, consideración, aprecio, y respeto hacia sus señores aliados. Don Juan N. Carabeo tenía otra impresión muy distinta acerca del conquistador, la que cambió al conocer la otra faceta de Hernán Cortés, aunque nunca dejó de reconocer que fue un terrible y cruel hombre, lo que demostró al exterminar a la nobleza mexicana.

No conforme con eso, logró conocer el testamento del conquistador que echa por tierra muchos mitos acerca del personaje. En verdad Hernán Cortés sufrió graves ataques por parte de sus paisanos, en tanto que por parte de los indios recibió lealtad y amistad, lo que lo llevo a arrepentirse de los actos de barbarie que cometió durante la Conquista, según lo reconoció en su testamento.

Lo que descubrió don Juan, lo llevo a investigar que ocurrió con el Marquesado del Valle durante la llamada Colonia.

Supo que los tres hijos de Cortés llegaron a la nueva España para cumplir las voluntades del conquistador: una arreglar que sus restos se trasladaran a México, y la otra regresarles tierras a los indios para resarcirlos, cosas que lograron los tres hijos de Cortés, don Martin Cortés Zúñiga segundo marqués del valle de Oaxaca; otro don Martin Corté, hijo de doña Marina, conocida popularmente como la Malinche, y don Luis Cortés Hermosillo.

La siguiente generación de la descendencia de Hernán Cortés se encargaría de cumplir el testamento, así el nieto y tercer marqués de Valle Don Pedro Cortés Ramírez de Arellano llegó a la Nueva España y dotó unilateralmente a numerosos pueblos indígenas de tierras dentro del enorme marquesado, y también aceptó, pueblos, y villas fundadas por las autoridades coloniales, tales como la ciudad de Puebla de los Ángeles. Don Pedro Cortes Ramírez De Arellano ya marqués, conde, y duque, vendió las haciendas azucareras, las minas, y otras empresas fundadas por el conquistador. Sin embargo se negó tajantemente a reconocer los abusos de los virreyes y de las Reales Audiencias, por lo que no reconoció las mercedes de tierra vendidas ilegalmente sin consentimiento de su ilustre abuelo, y de su padre, el segundo marques del Valle de Oaxaca don Martín Cortés Zúñiga.
Don Pedro Cortés regresó a España dejando múltiples reconocimientos de las tierras a poblados indígenas donde estaban establecidas ilegales haciendas, ranchos, tenerías, batanes, y molinos.

Con lo que descubrió don Juan N. Carabeo quedó de manifiesta la ilicitud de origen de esas mercedes, y don Juan N. Carabeo siguió con su investigación, y así dio con el acto más ilícito de la Colonia:

El virrey y la Real Audiencia en el año de 1647 decretaron que todas las tierras que pertenecieron al llamado Marquesado del Valle de Oaxaca y que el conquistador o su descendencia hayan reconocido a los naturales, regresaban a la Corona, por lo tanto aduciendo que los indios beneficiados ya habían muerto, se decretó que las tierras regresaban al Real Fisco. Ese acto fue el despojo más ilícito de la colonia.

Don Juan N. Carabeo, había logrado para sí mismo cambiar su imagen de Cortés y comprender el abuso hacia el indio por parte de las autoridades coloniales, por veniales, abusivas, e injustas. Con esa visión y convencido del auténtico derecho de don Pedro Patiño Ixtolinque y por supuesto de los indios naturales de todo el Marquesado del Valle de Oaxaca, decidió llevar el escabroso caso en los nada confiables tribunales, los que en verdad eran tan similares a los de la colonia, por lo que dudó de que logrará que se hiciera justicia.

Para lograr obtener los expedientes había gastado buen dinero, que en esos tiempos no era fácil conseguir, era escaso, y no únicamente para él sino para cualquiera, y aunque había despilfarro y boato por parte del ridículo Santa Ana, el país estaba en crisis.

Santa Ana para hacer de recursos al gobierno vendió cien mil hectáreas de La Mesilla sin aprobación de nadie, a los Estados Unidos para financiar su lujoso aparato de gobierno el que en realidad era una suntuosa corte, en tanto los funcionarios menores de plano no recibían sus salarios, viviendo exclusivamente de sus búsquedas, esto es de vender favores. Por supuesto, jueces y funcionarios judiciales hacían de las suyas, viviéndose una escandalosa corrupción, la que en realidad nunca había cesado y que seguiría todavía hasta estos tiempos, siendo el peor cáncer de este golpeado país.

La situación en el gobierno era caótica, y ya había sido nuevamente decretado el absurdo impuesto para puertas, y ventanas para obtener recursos para la hacienda pública, por lo que los ciudadanos habían tapiado las ventanas de sus casas y a nadie le importaba que el motivo fuera la defensa de la patria, porque en realidad ya nadie confiaba en las autoridades del presidente Santa Ana.

En tanto don Juan N. Carabeo hace investigaciones del caso, el licenciado Ponciano Arriaga dedica más tiempo a su reunión con los llamados liberales, los que cada vez están más hartos del presidente Santa Ana. Así es difícil que le preste atención al caso de don Pedro Patiño Ixtolinque, hasta que al fin coinciden y el licenciado Carabeo, le informa de sus investigaciones diciéndole:

_Ponciano, el caso es muy interesante, he encontrado que en efecto los Carmelitas birlaron el señorío de Coyoacán, con la participación de la Real Audiencia. Vendieron ilícitamente grandes extensiones de tierra y he buscado entre las mercedes, en realidad sólo encontré una, la que se otorgó para el uso de las aguas del Río Magdalena, reconocida a un tal Diego de Contreras, de ahí en fuera hay un pleito entre los pueblos de San Nicolás Totolapan y de la Magdalena ambos situados en el paraje que los indios llaman Atlyhtíc, el que inicia por 1620 y una resolución ilícita de la Real Audiencia, en que priva a todos los indios del marquesado Del Valle de sus propiedades, la que data del año de 1647, y encontré otro expediente relativo a un juicio entre los propietarios de la llamada hacienda de Eslava y los indios naturales de la región. Ese juicio duró hasta 1715, confirmando la ilícita venta de los Carmelitas de esas tierras, y también hay un juicio por reclamos entre vendedores, y comprador de la hacienda llamada de San Nicolás de Eslava. Encontré así mismo que También hay litigios entre Teresa Ixtolinque contra de la hacienda de Eslava, y de esta contra los propietarios del Rancho Contreras, y también contra los propietarios del rancho de Ansaldo, por diversos reclamos de tierras.- Don Ponciano se queda pensando, y después de unos instantes dice:

_Demandar a todos sólo complicaría el asunto, ahora entiendo por qué la demanda del indio don José, el que fue a España, se concentró en contra de los religiosos Carmelitas. Serían muchos juicios y por demás esa tierra del Santo Desierto, aun la conservan los religiosos desde que la birlaron los Carmelitas. Concéntrate en ellos, más adelante veremos resultados y decidimos si demandamos las demás tierras. - Dice Ponciano Arriaga.

Juan N. Carabeo, mira a Ponciano con dejo de desilusión, él pensó que tendría su apoyo para iniciar todas las demandas, así que guarda silencio. Ponciano lo conoce por entusiasta y un poco alejado de la realidad. Don Ponciano se percata de la desilusión manifiesta en el rostro de don Juan y opta por levantarse de la silla acercándose a Juan le toma del hombro, y le dice:

_Juan, lo que te diré es confidencial, espero que tu entusiasmo por el asunto no decaiga. Esta república no ha encontrado el rumbo, se pretende por los conservadores volvernos un protectorado español, el cojo gesta una contrarrevolución de Independencia, ha iniciado pláticas con los embajadores españoles al efecto, todo indica que

quiere el veleidoso Santa Ana ser súbdito de Isabel II de España.
Hay descontento entre los liberales, se ha determinado no acatar los deseos de los conservadores los que apoyan a Santa Ana, quizás no tarde mucho en que estalle otro levantamiento contra el dos veces Benemérito de la Patria. – Esto último lo dice Ponciano en tono burlón, y continúa diciendo:

_Juan, dentro de poco, si todo sale como preveo, en poco tiempo podré ayudarte con el caso, por el momento la política requiere de mi atención. En todo caso tendrás que marchar sólo en esta aventura que te has propuesto llevar a cabo, y le llamo así porque estimo que habrá otra guerra civil, máxime si el cojo se empecina en continuar en el poder y solicita y obtiene la ayuda de la reina Isabel II de España.
Sabrás cuándo demandas, pero no cuándo terminará este litigio. Por eso te digo concéntrate en la demanda contra los religiosos, yo te ayudaré con gusto y en lo que pueda.
Recuerda que soy un liberal y me uno a la causa, espero que pronto estalle la revuelta antes de que ese desnacionalizado nos venda a los gringos o a los españoles, ya ronda al presidente Santa Ana el hijo de Morelos, Juan Nepomuceno Almonte, y ese es un vende patrias. Si su padre lo viera, se vuelve a morir. –Le dice Ponciano Arriaga.

_Entiendo, entonces demandaré a los zopilotes únicamente, cuando tenga lista la demanda te la presentaré para que me des tu opinión. – Dice Carabeo, entendiendo la situación.
Meses después la advertencia que dio don Ponciano Arriaga se vuelve realidad. En el estado de Guerrero se proclama el Plan de Ayutla por el político liberal y general mestizo Juan

N. Álvarez, al que se le unirá otro liberal don Ignacio Comonfort, y a ellos se les une el resentido del Santanismo Tomás Moreno y uno más Florencio Villareal.

La revolución llamada de Ayutla inicia en el Departamento de Guerrero, y estalla también la revuelta en Yucatán con don Manuel Zepeda Peraza contra la dictadura instituida por el general Santa Ana, quien acude personalmente a combatir hacia el sur los levantamientos confiando en su genio militar, por cierto no comprobado plenamente. La guerra civil durará hasta el 4 de abril de 1855 en que al fin el general Santa Ana fue derrotado, y abandona el país en agosto de 1855 para jamás volver.

El asunto promovido por Juan N. Carabeo no avanza, dada la situación nuevamente compulsiva. La revolución de Ayutla triunfa con una nueva esperanza de que cambien las cosas en tan convulso país.

Don Juan N. Álvarez el caudillo e insurgente, cacique por demás del sur había impuesto la creación del actual estado de Guerrero, del cual fue su primer gobernador. Toma la presidencia de la república como gobernador interino el 4 de octubre de 1855 y será el presidente un poco más de dos meses, dejando la magistratura el 11 de diciembre de 1855 a don Ignacio Comonfort su compañero en el Plan de Ayutla. Triunfa el liberalismo favoreciendo el rumbo del país después de casi cuarenta y siete años de independencia sin rumbo definido.

Juan N. Álvarez convoca al Congreso Constituyente, y entretanto se inicia a promulgar un grupo de leyes, las que serán las conocidas como Leyes de Reforma, dentro de ellas se expide la llamada Ley Lerdo que será conocida como Ley de Desamortización de Bienes, tendiente a quitar las tierras a las llamadas manos muertas, afectando por igual al clero que tiene grandes extensiones de tierras, así como a las comunidades indígenas para venderlas con el pretexto de desarrollar al país, y como siempre sale jodido el indígena aunque la historia oficial trate de ocultar la verdad, ya que esa ley despojará de sus tierras a muchas comunidades y será la semilla de la siguiente revolución que estallará en 1810.

Juan N. Carabeo al enterarse del triunfo de la Revolución de Ayutla acude a ver a su amigo Ponciano Arriaga, al que le explica:

_El asunto de Pedro Patiño está estancado, un poco por la situación del país y otro tanto porque como debes suponer, me pone el juez y los oficiales toda clase de trabas para resolver conforme a derecho, así ha sido y será. Por lo visto si no les das dinero nada se logra, los jueces son peores que los políticos. – Afirma Don Juan N. Carabeo.
_El presidente Comonfort es un hombre honesto, creo que podemos recurrir a él – Dice Ponciano Arriaga.

_Es asunto es complejo, no basta un resumen hay que explicarlo con amplitud, sabes bien que un escrito largo no lo leerá y si no se explica el asunto nada resolverá. Me da pena decirlo, pero parece mentira que en este país para obtener justicia se requiere dinero o la intervención de los políticos, y eso no cambia, aun con los liberales como tú en el poder, todo es un juego de intereses y dinero, la justicia no llega a los ciudadanos todavía, por doquier hay injusticia...

_Si Juan, ya sé lo que dirás. Un país sin justicia, está condenado al fracaso, nadie puede creer en un país así. Redacta el caso y veré de qué manera obligamos a autoridades y a jueces a que pongan atención y hagan justicia.
Supongo que estás enterado que estoy inmiscuido para convertirme nuevamente en diputado al Congreso Constituyente, y han confiado en mí para elaborar una nueva Constitución acorde a las aspiraciones republicanas de índole liberal, con la idea de que al fin haya coerción, orden, y progreso, algo que hasta ahora este nación no conoce. – Dice Don Ponciano.

_Por supuesto, y espero que lo logres y que me ayudes a que se haga justicia, y no para mí, sino para cualquier ciudadano, ya que la justicia es la asignatura pendiente y la más urgente en este desmadrado país.
_Por eso te pido que apresures las cosas. Las elecciones son el año que viene, apenas si tenemos tiempo. La crónica debe estar lista cuanto antes, porque siendo diputado no podré ayudarte. – Sentencia Don Ponciano Arriaga.

Los días siguientes Juan N. Carabeo escribe una relación sucinta y pormenorizada de la causa jurídica de la sucesión de las tierras de Coyoacán del Santo Desierto, y estando redactándola se entrevista con la viuda de Pedro Patiño doña Cecilia Carrizora, y ella será quien acepte continuar con la causa justa y otorga poder a don Juan N. Carabeo y don Ponciano Arriaga para que la representen en todo lo relativo al señorío de Coyoacán. Con el poder Juan N. Carabeo se dirige a ver a don Ponciano para darle los pormenores de los recientes acontecimientos, después de explicarle, Ponciano Arriaga le dice:

_ ¿Juan, realizaste el memorial de la causa?

_Por supuesto, hasta traigo el poder de doña Cecilia Carrizora, como albacea, así que podemos seguir adelante con lo que dispongas.

_Déjame los papeles, los reviso, y te veo en dos días para decirte lo que haremos, hay que darnos prisa antes de que nos gane el tiempo, pronto serán las fiestas navideñas y será más difícil atender el asunto. – Dice Ponciano de estupendo humor.

Capítulo 20

El memorial

Tres días después se encuentran Juan N. Carabeo y Ponciano Arriaga en su despacho, Ponciano lo recibe con una sonrisa, diciéndole:

_Leí con mucho interés el memorial que escribiste, y me tome la libertad de corregirlo y también le añadí mi nombre.
Como te prometí, ya lo envié para su publicación a la imprenta de don Vicente García Torres, bajo el título de Causa Celebre, del Desierto Nuevo de Los Carmelitas. Lo publicaremos como una petición especial al señor presidente de la república don Ignacio Comonfort y aunque no puse su nombre, porque en este convulsivo país, debemos esperar a ver si continúa en el cargo para cuando esté listo el tiraje.
La petición la entregaremos también a los diputados, a los ministros de la corte y en mano propia a mi amigo Benito Juárez, así todos sabrán de las injusticias que se cometen en este país y esperemos lograr que se le haga justicia a doña Cecilia Carrizora, la viuda de don Pedro Patiño Ixtolinque.

_ ¿Cuándo estará listo?- Dice con cierta emoción, don Juan.

_Según prometió el editor estará listo para los primeros días de 1857, como sea, ya entramos al último trimestre de este año. Pero si quieres apresurarlo, lo puedes localizar en la calle de San Juan De Letrán número tres, a unas cuantas calles de aquí. Don Vicente es mi amigo, él te podrá dar informes precisos.

Los primeros días de enero llegan a sus oficinas ambos personajes, donde ya está la edición de la Causa Celebre. Miran contentos a los paquetes, los que contienen los volúmenes empastados listos para ser repartidos. Don Juan de inmediato toma un ejemplar para revisarlo e inicia leyendo la petición definitiva tal y como la redactó don Ponciano Arriaga:

Excmo. Sr. Presidente de la República:

Ponciano Arriaga y Juan N. Carabeo, representando los derechos de Doña Cecilia Carrizora y de sus hijos doña Vicenta, doña Juana, don Pedro, don Francisco, y don José Patiño Ixtolinque, descendientes por línea directa del cacique don Juan Ixtolinque y Guzmán, señor y dueño, desde los tiempos de la gentilidad anterior a la conquista de México por los españoles, de todas las tierras y propiedades a que se refieren los documentos que exhibimos, y confirmando en su justo dominio y posesión por diversas Cédulas Reales, de que también acompañamos copia, venimos ante la respetuosa y justificada autoridad de V. E., para pedirle un acto de reparación, y de suprema justicia, no por aquellos medios que vulgarmente se emplean en nuestros tribunales, usando del artificio, y los cuales mas punibles para ocultar y disfrazar la verdad de las cosas, sino con ingenuidad y franqueza, manifestando sencillamente cuales son los fundamentos en que se apoya el derecho evidente, incontestable, de los desgraciados que han puesto su plena confianza en nosotros. Dígnese V. E, escuchar la historia del asunto, que no por parecer inverosímil y hasta fabulosa, deja de tener todo el carácter de cierta, pues que esta deducida al tenor de los documentos incontestables.

La profunda política del conquistador de México D. Hernando Cortés, logró como es notorio en la crónica de los tlaxcaltecas y de otros pueblos indígenas, que le ayudase en su grande empresa de la conquista, imposible de otra manera, varios personajes de esta tierra influyentes por su riqueza y por sus conocimiento del idioma y costumbres de sus compatriotas. Uno de esos personajes fue D. Juan Ixtolinque y Guzmán, señor natural y cacique principal del pueblo de Coyoacán, que según se refieren una de las Cédulas Reales que en copia adjunta (cuaderno 2, fojas 3 y 4) expedida por el emperador Carlos V y su madre doña Juana de Zaragoza, a 6 de Enero de mil quinientos treinta y cuatro años, sirvió poderosamente a la conquista y de pacificación de México, ayudando a los españoles con su persona y armas y redimiendo a toda gente barbará que se hallaba desparramada de la tierra, a la ley de la santa fe católica y librando de un inminente y gravísimo peligro, al mismísimo capitán D. Hernando Cortes, que en cierta ocasión, en las inmediaciones de Quacuaahuaca (Cuernavaca), se vio cercado en sus escasas tropas y en grave peligro de perecer por una fuerza de dos mil indígenas, comandados por el señor principal de la comarca, al cual D. Juan Ixtolinque y Guzmán acertó tirar de dos saetazos, de los cuales cayó muerto en tierra, y amedrentada de esto su gente se puso en fuga y dispersión, y la fuerza española arremetió cesando la guerra. Por estos y por otros muchos y muy importantes servicios que el expresado cacique de Coyoacán D. Juan

Ixtolinque y Guzmán, prestó con su persona, gente, armas e influencia aun para la conquista de Oaxaca, no solamente se le ratificó y confirmó como el cacique, concediéndole escudo de armas y título de nobleza, según se advierte pormenor en las cedulas reales de 6 de Enero de 1534, y 8 de Enero de 1545, y también por la expedida en Valladolid a 18 de Julio de 1551 (cuadernos 2 a fojas 11, 12,y 13) se declara en virtud de tener y poseer el dicho cacique las tierras y posesiones de que allí mismo se hacen mención, se le confirman y afirma en propiedad y derecho a todas las heredades y tierras para que las pueda gozar y hacer lo que con ellas quisiese y por bien tuviere, como cosa suya propia, habiendo por justo título, y se mande al virrey, presidentes, y oidores de la Nueva España, y a cualquiera otras justicias, que guarden y cumplan lo contenido en dicha carta , etc, etc .

Las tierras y heredades y posesiones que disfrutaba desde tiempo de su gentilidad D. Juan Ixtolinque y Guzmán, heredadas de sus antecesores, y de un hermano suyo y que le fueron adjudicadas en pleno dominio por la Real Cédula, que acabamos de citar, son según el tenor literal de ella misma:

Chimalistac, Atlahuamilpa, Pincatla, Atepucata, Tutulapa, Acopilco, Pitlalquaque, Amatlan, Tocitlan,Ocuitlan, Cuicuimalpan, Ithuitlan, Cuacungo, Amantla, Acalutengo, Tomanchnaloya, Mipulco, Pocuzapan, Tozhuco, Tilaque, Ttepetlilaque, Micoantla, Chimalcultongo, Socotequeque, Tlachcoque, Tecuquusco, y Cuyhutelco.

Esta Cédula Real se presentó y vio en la audiencia de México a 12 de diciembre de 1555 (cuaderno 2 fojas 13 y 14) y por petición del interesado, se expidió carta y provisión mandando ampararlo en la posesión y propiedad de dichas tierras y previendo a todas las justicias y personas, que guardaren y cumpliesen lo en ella contenido, bajo las penas establecidas y además una multa de cien pesos oro.

Para el mes de julio de mil quinientos cincuenta y nueve, D. Juan Gallegos, interprete de la dicha real audiencia, puso en posesión de todas estas tierras a D. Juan cacique de Coyoacán, remitiendo las diligencias a dicha real audiencia de las que se pidió testimonio al mismo D. Juan Ixtolinque, y se le mando dar de dichas posesiones que se le dieron, con citación de los indios por pregón y por no haber en ese entonces ni haciendas ni fundaciones en dichas tierras. Todo esto aparece por el dictamen del licenciado D. José Antonio Manzano, abogado de la Real Audiencia y de cámara del duque de Terranova y marqués del Valle, dictamen consistente a fojas 20 vuelta y 21 frente del cuaderno 2 que presentamos.

Otra cedula real fechada en el Pardo, a 18 de Diciembre de 1578 años, reconoce los servicios prestados por D. Juan de Ixtolinque y Guzmán, manifiesta que tales servicios fueron reconocidos por D. Hernando Cortés, quien por recompensa de ellos, dio y señaló a Ixtolinque por suyo propio y por ser de su patrimonio, la plaza de dicho pueblo de Coyoacán, con la huerta que tenía a la linda de varios árboles frutales, y las que corren desde las vertientes o términos de dicho pueblo para el poniente, hasta las cumbres de los montes que se hallan a su frontera, y por la parte norte, desde el camino que va para la ciudad de México, hasta las vertientes de los montes que están por la parte sur "que dan en cuadro" por todos sus montes , aguas, entradas, y salidas, según y cómo lo tenía en el tiempo de su gentilidad. En esta misma cédula que se registra a fojas 2 del cuaderno 2, se hace concesión y merced de dichas tierras, ratificando el primitivo derecho del interesado, y la asignación acordada por el conquistador Cortés, capitán general y gobernador que había sido de la Nueva España. También esta cédula fue vista obedecida y cumplida por la audiencia, mandándola cumplir por auto del 7 de Mayo de mil quinientos ochenta y tres años.

No fue enteramente pacifica la posesión de los herederos legítimos de D. Juan Ixtolinque. (Aclaran los redactores del libelo, y continúan relatando:)

Así pues se refieren a litigios que se siguieron por los herederos del cacique. Pretendieron usurpar los legítimos derechos un tal D. Juan Hidalgo y Guzmán, que se decía sucesor del cacique, así logro obtener la posesión del mayorazgo en 1681, pero no de parte del gobierno, sino por parte de los naturales, que se resistían a ser despojados de las que consideraban tierras comunes. Se opuso a la consumación del despojo el fiscal de la Real Audiencia, quien seguía, la instancia legal en contra de Juan Hidalgo por Tomas Parrales, marido de doña María Ixtolinque y de doña Teresa Ixtolinque, ambas legitimas herederas del cacique, las que disputaban como herencia el título de propiedad y los honores del cacicazgo, como hijas legitimas de D, Alonso Ixtolinque y Guzmán, descendiente directo de D. Juan cacique. Seguido el juicio en todos sus trámites y vista y revista, se revocó la sentencia que había obtenido Juan Hidalgo, y se les restituyeron los derechos a las hermanas, posteriormente se confirmaron los fallos mediante otra sentencia pronunciada, el 1 de Agosto de 1687 en la que se declaró que las hijas de Alonso Ixtolinque Guzmán, eran las legítimas herederas del vínculo, y así puso en posesión la real audiencia a las herederas por conducto de Don Antonio Patiño Ixtolinque. Todo lo cual se acreditó por medio del dictamen del licenciado D. Antonio Manzano consistente a fojas 20 vuelta, 21 y 22 del cuaderno 2.

Todavía aparece más claramente la verdad de estos hechos, en las peticiones que en el año de mil seiscientos treinta y ocho, hicieron D. Juan de Noriega y Colombres y D. Nicolás Feriz a nombre de D. Carlos Patiño Ixtolinque, y constan a fojas 11, 15, 16 y 17 del citado cuaderno. En ellas se ve que la sentencia de revista, había sido enteramente favorable a Doña María de Guzmán Ixtolinque y sus hermanos, que en esta sentencia se hizo ejecutoria, y paso en autoridad de cosa juzgada, que a la parte de D. Juan Hidalgo se le mandaron entregar y restituir las casas y tierras del cacicazgo, así como los títulos recaídos en ellas, con los frutos, rentas y aprovechamientos.

Ahí también se afirma y se prueba, que las tres hijas de Alonso Guzmán, solo había quedado doña Teresa, que fue madre de Don Juan Patiño Ixtolinque y este fue padre de Antonio Patiño, de quien fue hijo el expresado D. Carlos Patiño, que en el mayorazgo había fincado en este último, y por lo mismo pedía que se le restituyese, y pusiese en posesión de todas las acciones y derechos. Todo esto por demás, se justifica con la información de testigos que aparece de la foja 17 hasta la 20 del expresado cuaderno; y en consecuencia el abogado del marqués del Valle, emitió el juicio y dictamen que hemos hecho referencia, de conformidad con lo solicitado por D. Carlos Patiño Ixtolinque, en quien desde aquellos tiempos, quedó fijado el título y derecho del cacicazgo y de todas las tierras.

Leído lo anterior Don Juan N. Carabeo salta toda la cuestión, del entroncamiento, ya que no le ve caso a lo ya probado, y continúa leyendo:

Era el fatal destino de esta familia, no poseer en quietud lo que tantos trabajos, y litigios y sin sabores había costado a sus antepasados, y así fue que volvieron a entrar usurpadores en dichos terrenos, y especialmente el convento de San Ángel y el licenciado Baltasar De Medrano. Los títulos y documentos se extraviaron del expediente, y parecía que la detentación y usucapión, iban a quedar del todo consumadas para el porvenir, cuando aparecieron en escena D. José Patiño Ixtolinque, a quien con sobrada razón hemos llamado, celebre, y deberíamos llamarlo memorable. A la inteligencia, actividad y constancia de este hombre, honor de la raza indígena, se debe que los derechos de su familia no hayan quedado sepultados en el olvido para siempre, y que encontremos en los documentos de que hacemos extracto, la suficiente luz para poner en claro la justicia que asiste a sus descendientes.

D. José Patiño Ixtolinque, no solo instauro pleito y obtuvo sentencia de vista y revista en contra de los Padres Carmelitas y del licenciado Medrano y no solamente promovió la información con que comienza el cuaderno 3, y puso en claro su entroncamiento con los legítimos sucesores; no solamente obtuvo la declaración judicial, que consta a fojas 4 del mismo cuaderno, de ser tal indio cacique, descendiente por línea directa del D. Juan Patiño Ixtolinque y nieto por la misma de D. Carlos Patiño Ixtolinque, y de tener derecho a todos los títulos y documentos que solicitaba. No solamente reclamó y obtuvo la declaración de que se guardaren todos los fueros, prerrogativas y honores de su dignidad, según se ve a fojas 5 y 6, del repetido cuaderno, sino que trabajó todavía, por el espacio de más de veinte años con ejemplar asiduidad y firmeza, anteponiéndose a todos los rigores de la suerte, y a todas sus calamidades de la desgracia con la esperanza de obtener plena reparación y entera justicia.

Solamente la íntima, la profunda conciencia, que tenía este hombre de su indisputable derecho, pudo darle tanto esfuerzo, tanta constancia en sus propósitos, como veremos más adelante.

D. José Patiño Ixtolinque venció a sus adversarios, los Padres Carmelitas en todas sus instancias; pero estos aprovechándose de la de la irregular y monstruosa administración de justicia de aquellos infelicísimos tiempos, y la influencia que ejercían en todas las personas, y especialmente en las más elevadas de la sociedad, pues eran de la religión más aristócrata, la más distinguida y mejor relacionada de la época, introdujeron el recurso de usucapión a la sala de "mil quinientas"; con lo cual por lo pronto lograron que no se ejecutaran y cumplieran las sentencias obtenidas por D. Jasé Patiño Ixtolinque.

Este en consecuencia, y a pesar de su pobreza y falta absoluta de recursos resolvió marchar a España y presentarse en la corte, como lo verifico en el año de mil setecientos noventa.

Entonces la merced de sus esfuerzos que hizo para patentizar la justicia de su causa, la mala fe y las iniquidades de sus contrarios, que no por ellas estaban desvalidos en la corte, obtuvo otra Real Cédula hecha en Madrid a veintidós de Julio de mil setecientos noventa y uno firmada por Carlos IV, después de visto muy detenidamente el negocio por el Supremo Consejo De Indias, cédula notable y sobre la cual llamamos muy especialmente la atención de V. E., porque no solamente confirma la verdad de toda la historia que llevamos referida, sino que demuestra las astucias e intrigas de la parte que litigaba contra José Ixtolinque. En esta cedula se refieren los servicios de sus antepasados, las gracias y privilegios que le fueron concedidos, la merced de tierras que había gozado desde tiempos de su gentilidad y gozaron hasta el quinto nieto en quien por decidía o por acoso se perdieron los títulos, el hallazgo de ellos, en poder de un español D. Jacinto Estrada, que los exhibió por orden de la audiencia, el largo litigio de más de treinta años que hubieran de seguir los legítimos herederos consumiendo todo su caudal, la sentencia y su confirmación a favor de ellos. La evidente mala fe de la parte de los Carmelitas que interpusieron el recurso a la sala de "mil quinientos" convencidos de que Ixtolinque era pobre y no podía costear a gente en la corte, la deserción del recurso impuesto por los reverendísimos padres, que sin embargo disfrutaban de todas las tierras y rentas del cacicazgo engrosando la riqueza del convento y haciéndose fuertes para resistir las justas resoluciones de la Audiencia de México y reduciendo a la miseria a sus legítimos dueños en fin, otros muchos y curiosos e importantes por menores relativos a la verdad e intrínseca justicia del negocio y a su secuela y decisión.

En dicha Real Cédula que se ve a fojas 7 y 8 del cuaderno 3, se ordena y manda a la Audiencia de México que posesione inmediatamente a D. José Patiño Ixtolinque del mayorazgo de su antepasado, todas las veces que justifique los extremos que expresa; que no sirva de obstáculo la segunda suplicación desertada por los contrarios, que se proceda lisa y llanamente, oyendo a estos breve y sumariamente, que no se pierda de vista la protección legal que los jueces deben dispensar a los indios y en fin, que den cuenta a la corte de las resultas, en esta misma Real Cédula se le comunicaba al virrey de las provincias mexicanas para que protegiese la solicitud del expresado Ixtolinque para que le permitiere justicia,"

Don Juan cierra la reciente publicación, le gusta lo que dice el libelo, pero piensa que es excesivo, y que pocos o nadie lo leerá.

Capítulo 21

Nuevamente a joder al indio

Don Juan N. Carabeo tiene un dejo de decepción, porque la publicación del libelo para él no llena las expectativas, le parece excesivamente extenso y complicado y además descriptivo y abrumador, porque se presentará en las oficina del presidente de la repúblic, don Ignacio Comonfort, incluidas las copias certificadas de puño y letra de escribano público, las que nadie leerá.

Don Juan n. Carabeo se extraña, ya que su amigo Ponciano no para ahí, sino que relata todo lo que sucedió a don José Patiño Ixtolinque en España, lo que se saltó y continuó con la petición que le hacen directamente al presidente de la república clamando justicia para que de una vez por todas se le reconozca el exclusivo y autentico derecho de propiedad a sus clientes. Cuando al fin llega don Ponciano Arriaga le pregunta a don Juan, al ver los paquetes de la publicación:

_ ¿Qué te pareció?- Refiriéndose a la publicación que tiene don Juan en sus manos

_Te seré sincero, es retórica, yo te di un escueto resumen para que en verdad lo lea el presidente, pero esto es muy largo, así que creo que no lo leerá.

_No olvides que soy liberal y amigo de muchos, confía en mí lo leerá, y por demás esto debe despertar el interés, no tan solo del presidente sino de muchos liberales para lograr justicia. – Explica don Ponciano.

_ ¿Pero y el aspecto procesal qué? No es facultad del presidente de la república reconocer derechos civiles, esto de nada servirá. –Afirma tajante don Juan N. Carabeo.

_Creo que te debo algo. Te hare una confesión, pero deberás prometer que no saldrá de aquí.
Don Sebastián Lerdo de Tejada, de acuerdo con los liberales prepara una ley que será un gran golpe a los conservadores y a sus aliados los zopilotes con sotana.
La ley será votada por la mayoría liberal de los diputados y la promulgará el presidente Comonfort, dicha ley desamortizará las tierras ociosas de las corporaciones, y eso son las órdenes religiosas y la iglesia misma, por lo tanto las tierras que poseen pasaran a ser propiedad del estado y serán objeto de publica almoneda. Obviamente serán afectadas las tierras del Santo Desierto de los Carmelitas y adelantándonos, publicamos "La Causa Celebre" ya sea que se le entregue la propiedad a nuestra clienta o bien cobre la indemnización ¿Ahora comprendas el objetivo de la publicación? - Dice don Ponciano con una amplia sonrisa.

_Ahora entiendo, pero aun así creo que nada garantiza que en verdad se haga justicia, sabes que creo que en este país la justicia es y será una aspiración. – Dice con abulia don Juan.

_Te repito, ya no serán las tierras de los Carmelitas, de momento pasarán a manos del estado, así interpondremos algún recurso, acreditaremos la propiedad a favor de nuestro cliente y como no se trata más que de particulares, lograremos que las reintegren a doña Cecilia y a su familia.- Explica don Ponciano.

_Ahora entiendo, eres brillante –Dice don Juan sonriendo.

_Ahora hay que distribuir los ejemplares, me llevaré algunos, tengo que ir a la Suprema Corte y aprovecharé para dejarles a los ministros su ejemplar, nos vemos después – Dice despidiéndose don Ponciano.

Don Juan ve como abandona su socio la oficina. Piensa en que ya tiene su amigo poco interés en la abogacía, cada vez está más interesado en la política la cual sabe que ha sido su pasión, como sea Ponciano ya ha sido dos veces diputado por el partido liberal, lo considera valiente e intachable.

Recuerda que fue legislador en 1843, y en 1846, y cuando su amigo se opuso abiertamente al singular Antonio López de Santa Ana, fue un férreo opositor del veleidoso dictador. Cuando dejó la legislatura no cejó en su franca oposición, entonces fundó el periódico opositor llamado "El Estandarte de Los Chinancales" mismo que circuló durante la guerra contra los norteamericanos, sirviendo su publicación de apoyo a las fuerzas mexicanas, y en su diario atacó a los conservadores y a los pacifistas que toleraron la mutilación de medio territorio nacional.

Piensa don Juan N. Carabeo que su socio y amigo es intachable y un patriota, pero también como dicen, es un come curas a los que considera son el apoyo de los conservadores. En verdad don Ponciano no quiere a los zopilotes, como les llama a los curas, aunque siempre les pide perdón por sus pecados a esas aves del Señor, sabe que don Ponciano ha lidiado con el clero, ya que fue ministro de Asuntos Eclesiásticos e Instrucción Pública durante el periodo presidencial de don Mariano Arista.
Don Juan N. Carabeo está seguro de que su amigo será electo por tercera vez como diputado, lo que efectivamente acontece, pero en tanto las llamadas Leyes de Reforma van siendo promulgadas por el presidente Ignacio Comonfort. En Noviembre del año de 1865 se publica oficialmente la llamada "Ley Juárez", ordenamiento jurídico que suprime el fuero militar y el fuero eclesiástico, lo que afrentará a los religiosos, que serán juzgados por vez primera como cualquiera. El 28 de ese mismo mes y año se promulga y se publica la ley "La Fragua" misma que consagra el derecho a la libertad de imprenta, y por medio de la cual también se dispone la expulsión de La Compañía de Jesús del territorio nacional. Finalmente como lo anticipó don Ponciano Arriaga el 25 de Junio de 1856 se promulga y publica la "ley Lerdo" conocida también como la ley de Desamortización de Tierras Ociosas, propiedad de toda clase de corporaciones. Al conocer el texto de la Ley Lerdo don Juan N. Carabeo tiene un sentimiento dicotómico, por una parte alaba la decisión gubernamental en cuanto a que se afecten las tierras de la iglesia, pero por otra crítica a la ley porque considera a las

comunidades indígenas como corporaciones, es fácil prever que se joderá nuevamente y como siempre al indio, que son los que poseen tierras comunales desde tiempo inmemorial. Bueno las que les reconocieron las autoridades coloniales graciosamente y por conveniencia para lograr pacificarlos. Más eso no evitó la rapiña del voraz colonizador, inclusive muchos indios resultaron despojados de las tierras que el propio conquistador Hernán Cortés les otorgó como reconocimiento a su participación en la conquista.

Don Juan N. Carabeo sabe que en el año de 1647 la Real Audiencia planeó y fraguó el despojo a los indios contraviniendo las Ordenanzas de Indias, emitió una ilícita resolución, en la que dispuso que las tierras de todo el llamado Marquesado del Valle de Oaxaca, que se hayan reconocido a favor de los indios pasan a ser propiedad del Real Fisco, para otorgar mercedes en pública subasta, aduciendo como motivo, el que ya todos los indios beneficiados por los reconocimientos que hizo el conquistador ya habían fallecido.

Don Juan no puede evitar comparar ese aspecto de la Ley Lerdo con aquella resolución de 1647, sabe de antemano que despojarán de lo que le queda a los indígenas, por lo que prevé que habrá conflictos de los que se aprovechará la iglesia.

Sabe que en verdad la Ley Lerdo se excedió, la intención es despojar al indio de sus mejores tierras, beneficiando como siempre al rico y poderoso que de seguro acaparará las mejores, y todo bajo el supuesto de modernizar al país, tomando como modelo el liberalismo gringo que

instituyeron los masones, llamados padres de esa nación y ahora los liberales están inmersos en las logias, y por lo tanto quieren un liberalismo semejante al de allende el Rio Bravo, por supuesto olvidando como siempre al indio disque para lograr el anhelado progreso.
Don Juan Nepomuceno Carabeo recuerda en ese momento a los Indios de San Nicolás Totolapan que sufrieron el despojo de sus tierras y de nada sirvió su memorial del llamado Códice de San Nicolás Totolapan, ni de su resolución virreinal, ni tampoco que por órdenes del virrey don Luis de Velazco padre y de su secretario Antonio de Turcios, se haya encargado al comendador de Coyoacán don Juan Gallegos, que los pusiera en posesión de sus tierras conforme lo tenían en su memorial y en la merced de tierras del virrey.

Cuando ambos amigos se encuentran, de inmediato don Juan le dice a don Ponciano:

_Revisé la Ley Lerdo, y hay muchos motivos de preocupación, no deja de tener su aspecto injusto. Como ya debes saber, fregarán al indio como siempre. Ves porque soy anti político. Las leyes se hacen por muchos inconfesables motivos, más nunca inspira a los legisladores la razón y la justicia para el ciudadano, que a final resulta un siervo de los políticos, los que dicen que es civilizado cumplir con la ley.
Dicen entonces que aplican la ley, por supuesto la creada por los políticos en turno y que ellos mismos han legislado, aun en contra de los intereses de sus gobernados. Por un lado la Ley Lerdo le quita poder a la iglesia, pero por otro lado friega al indígena.
Les quitarán sus tierras y en eso los hombres de la república no son diferentes al conquistador de antaño o al gobierno

colonial. Ustedes los liberales están olvidando que en realidad esta nación es mayoritariamente de indios y como siempre los están perjudicando, en esas condiciones no habrá paz ni justicia y será la semilla de nuevos conflictos.

_Dime directamente lo que te molesta, evita la retórica.- Le pide don Ponciano.

_La Ley Lerdo afecta a las comunidades indígenas, de seguro ya se planea otro despojo. Una cosa es joder a los zopilotes y otra muy distinta al pobre indio.- Le reclama don Juan, sabiendo que Ponciano mucho tuvo que ver con la creación y promulgación de la ley Lerdo.

_Es la única manera de generar riqueza y progreso, el indio no produce, tiene las tierras ociosas y hay que darlas a quien produzca. El fin es crear una nación fuerte y prospera. –Asegura don Ponciano.

_Te hablaré con la verdad, a pesar de que seas liberal, masón, y amigo de Benito Juárez, espero que lo que te voy a decir, no afecte nuestra ya añeja amistad.
La verdad aquí veo la mano del indio traidor de Benito Juárez, indio come indio. El admira a los gringos, es masón, y si hoy pudiera extinguiría a los indios, tal como hicieron los de allende el Bravo.-Truena don Juan.

_No te permito que te expreses así de mi amigo, él es un patriota, es el motor del liberalismo, un preclaro visionario. – Dice don Ponciano, levando el tono.
_Dejemos esto hasta aquí. Solo te diré que el país se convulsionará, la iglesia hablará desde los pulpitos de las

iglesias llamando a la rebelión y el indio que quedara resentido, luchará por lo que es suyo, y los zopilotes aprovecharán el descontento y nuevamente el país se convulsionará.
Por la lucha política ya perdimos medio territorio y tal parece que los políticos quieren que se pierda la otra mitad.- Asegura don Juan, al tiempo que se levanta, y toma su sombrero y se marcha visiblemente molesto.

Poco tiempo después, le dio los sucesos la razón a don Juan. Por supuesto que hubo franca oposición del partido conservador y también de la iglesia a la llamada Ley lerdo de desamortización de bienes, los curas desde los pulpitos llamarón a la rebelión y a sumarse a la revuelta a los indios, acordándose que también son feligreses, en tanto los indios que siempre han sido buenos para las levas, prefieren los que pueden ocultarse para no servir de carne de cañón, ni de parte de los generales liberales, los que quieren al indio con el pretexto de salvar a la patria, ni con los conservadores que aducen lo mismo. Sin embargo no falta algún indio que de plano se rebelé contra el supremo gobierno, por supuesto ajeno inclusive al partido conservador.

Por su parte la iglesia, llama a la rebelión bajo el lema "religión y fueros" y así inician las protestas en las principales plazas del país en contra del supremo gobierno liberal.
Acontece lo que era de esperarse, pronto llegan a la capital las noticias de que un indio llamado Manuel Lozada, un nayarita al que apodan "el tigre de Álica" se sublevó para defender las tierras comunales de la zona de Nayarit, Jalisco, y Zacatecas y no forma parte de las fuerzas conservadoras

de la nación, sino es líder de una revuelta auténticamente indígena en defensa de las tierras comunales, será un indio al que los liberales atacarán y quedará olvidado en la historia por oponerse a los liberales, pero es tan importante como Zapata, con la diferencia de que nadie lo recuerda.

Manuel Lozada, nació en San Luis Nayarit y fue una especie de mezcla entre Pancho Villa y Zapata. Pero como fue enemigo del régimen de Benito Juárez, nadie lo menciona y más porque apoyó a Maximiliano que en realidad resultó un liberal, y como la historia sabe Maximiliano fue fusilado, y también Lozada, quedando en el anecdotario nacional con más pena que gloria, pero así es de injusta la historia oficial la que la escriben los vencedores, quedando como recuerdo, que su pueblo natal se llame San Luis de Lozada.

Son los primeros conflictos, consecuencia de la promulgación de las que serán llamadas Leyes de Reforma.

Don Juan N. Carabeo se entera que el presidente don Ignacio Comonfort renuncia al cargo, y siendo abogado, sabe quién lo sucederá, ya que la nueva constitución ordena que el presidente sustituto lo sea el presidente de la Suprema Corte de Justicia, y él sucesor lo es el indio Benito Pablo Juárez García.

Don Juan esboza una sonrisa sardónica y piensa, el indio Juárez al fin podrá colmar sus anhelos. Sabe que todo ha sido planeado por el oaxaqueño, le resulta previsible lo que acontecerá, el país se sumirá nuevamente en otra guerra intestina.

Decide buscar a Ponciano Arriaga porque desea saber que ha acontecido con el asunto de la que llaman, La Causa Celebre, así decide por la noche ir a su casa, como sea la última discusión entre ellos los distanció.

Cuando llega don Juan a la casa de su socio, este lo recibe con una sonrisa y le da un abrazo en señal de que en realidad hay una férrea amistad, y que aquel álgido incidente en verdad carece de importancia. Después de servir café y brandy, de inmediato le dice don Ponciano:

_Tengo magnificas noticias. Con don Benito Juárez de presidente las cosas cambiarán, él es un hombre con voluntad de hierro, llamó a elecciones para formar un congreso constituyente y yo fui designado para ser nuevamente diputado por parte del partido liberal. Por supuesto las Leyes de Reforma se elevaron a norma constitucional. La mejor noticia es que el partido, y el presidente Juárez por la reciente renuncia de Comonfort, me honraron con haber sido el relator de la nueva constitución, obviamente acorde a los artículos indispensables y a plasmar los ideales liberales. –Explica don Ponciano

_Muy bien, no dudo de las buenas intenciones, pero yo veo nuevamente al país al borde de otra guerra civil. No discutiré contigo de política, en realidad vengo con la intención de enterarme de lo que se ha logrado a favor de La Causa Celebre.

_ En realidad poco hay. Te pido que debes tener paciencia, las afectaciones de desamortización de las tierras de la iglesia, se iniciarán cuando la normas de jerarquía constitucional se apliquen creando las instancias administrativas necesarias, así no podrán interponer ningún recurso legal, como lo han hecho los Carmelitas anteriormente.- Dice don Ponciano.

_Amigo, creo que eso acontecerá después de una guerra, la que será inevitable, y si es que ustedes los liberales resultan victoriosos esa constitución que redactaste se aplicará. Entre tanto quiero saber los avances de La Causa Celebre, y por lo que dices creo sinceramente, que nuestra clienta deberá esperar y tener paciencia de santa.- Dice don Juan.

_Quizá tengas razón, pero no hay de otra, la esperanza radica en la nueva constitución. Como sea tendremos oportunidad de demostrar que nuestros clientes son los únicos propietarios del Santo desierto, y al fin lograr que se haga al fin justicia.- Dice con confianza don Ponciano.
Don Juan se conformó con ser observador de los acontecimientos y fue testigo presencial de cómo los indios de las comunidades acudían ante los juzgados de letras, a iniciar acciones para reconocimiento de sus títulos y propiedades comunales, con la finalidad de que si les afectaban sus tierras siquiera les pagara algo el supremo gobierno de la indemnización correspondiente.

Tal y como lo pensó Don Juan N. Carabeo el indio saldría perjudicado, por eso el aborrecía tanto a liberales así como a los conservadores. De hecho aborrecía a los políticos de cualquier posición, ya que en verdad eran los culpables del desastre de país en que nos habían transformado, apenas a menos de cincuenta años de consumada la independencia.

Comprendía que México era una nación joven pero nada, según su punto de vista, justificaba el desorden nacional que había traído como consecuencia que aquella frase se dijera por doquier:

Pobre México, mandar no puede, y obedecer no sabe.

Los conservadores buscaban en el extranjero alguien que supiera cómo gobernar y no tardaron en fijar su atención en un príncipe de las casas europeas y de acuerdo a la teoría de las sucesiones europea ahí estaba un heredero de la familia de Carlos V que fue rey de México, y así los conservadores justificaron ofrecerle el gobierno a Maximiliano, sojuzgándolo con la idea de un trono imperial, el de Moctezuma.

Capítulo 22

Nueva constitución con viejos problemas

Ponciano Arriaga redactó la nueva constitución, misma que fue aprobada por el congreso constituyente, y promulgada por el presidente Comonfort el 5 de febrero de 1857, en plena revuelta, que sería llamada la guerra de los tres años o guerra de reforma. No se había equivocado don Juan N. Carabeo, quien continuaba sin ver la justicia para sus clientes. En realidad el gobierno liberal se había visto impedido de aplicar las llamadas Leyes de Reforma, en tanto siguiera la lucha armada.

El gobierno no únicamente tenía como opositores beligerantes a los conservadores y a sus aliados de la iglesia, sino también había comunidades indígenas beligerantes que luchaban en contra del gobierno por su lado sin sumarse a los ejércitos conservadores. Aunque como siempre el indio era levantado contra su voluntad para engrosar como carne de cañón de las tropas de los ejércitos de conservadores y liberales. En esas condiciones se dio la dimisión del presidente Comonfort, quien ya flaqueaba, teniendo acercamientos con los conservadores.

Se dijo que fue el propio Comonfort quien planeo el golpe de estado que lo derrocó. De acuerdo a la constitución quien debía ser presidente sustituto, era el presidente en funciones de la Suprema Corte de Justicia de La Nación, siendo por lo tanto don Benito Juárez García quien asumió el cargo de presidente interino.

En realidad Juárez era el líder de los liberales y se decía que era el artífice de la reforma. Ahora era el presidente constitucional gracias a la recientemente promulgada constitución, así en el año de 1858 Juárez tenía la tarea de vencer y de pacificar al país.

Don Juan N. Carabeo fue simplemente testigo de los acontecimientos y sufrió como todos las consecuencias de la guerra civil, por supuesto su economía personal se tornó en precaria, los asuntos legales escaseaban y nadie tenía confianza siquiera en los tribunales, los que apenas si funcionaban.
Varias veces recibió a su clienta, la viuda del cacique Pedro Ixtolinque en el despacho, al que asistía más por costumbre que por los asuntos que tenía pendientes.

Por supuesto el supremo gobierno liberal no había podido expropiar las tierras a la iglesia durante la conflagración, en verdad no tenía ninguna noticia que darle a la viuda doña Cecilia Carrizora.

Al fin después de tres largos años de guerra triunfó el gobierno liberal, y con la victoria quedó firme como ley suprema la constitución de 1857 que incluyó en su articulado las llamadas Leyes de Reforma, al tiempo que inició a regularizarse la vida en el país y los tribunales comenzaron a regularizar su actividad.

Don Juan N. Carabeo que era crítico de los políticos, veía con tristeza lo que ellos habían hecho de este país en tan solo menos de cuatro décadas.

Sabía que la independencia se logró gracias a la traición que realizó Iturbide al virreinato en vez de acabar con Vicente Guerrero lo unió a su ejército, logrando vencer con el Ejército Trigarante, definitivamente a los realistas. De inmediato los capitanes de Iturbide antiguos realistas leales a la corona española se dijeron independentistas y esos criollos de orgullo peninsular se tornaron en fervientes nacionalistas, desbancando a los auténticos independentistas como principales protagonistas en la escena política del naciente país. Don Juan N. Carabeo comprendía que esa traición que trajo como consecuencia la Independencia nacional era en verdad el origen de todos los males que aquejan al país.

Don Juan estaba convencido, de que esos criollos se apoderaron de la política del país, Iturbide con los suyos se vistieron de nacionalistas pero se apoderaron del poder, surgiendo los antiguos militares realistas como independentistas, y entre ellos don José María Bustamante, Bocanegra, y otros personajes como líderes del país.

Los pocos auténticos independentistas no pudieron hacer contrapeso, y el país nació en verdad sin proyecto y sin un auténtico liderazgo, lo que provocó que los intereses particulares o de grupo se privilegiaran sobre el interés nacional, lo que trajo como consecuencia el surgimiento de políticos veniales, tales como el inefable Antonio López de Santa Ana. Culpaba don Juan a los políticos y no únicamente al criollo veracruzano de la perdida de medio territorio nacional. Ahora veía como don Benito Juárez volteaba los ojos hacia los gringos para obtener su apoyo y lograr vencer en la conflagración, sabía que algo le costaría al país esa "ayuda y apoyo" de los gringos hacía Juárez.

Esa mañana llega don Juan N. Carabeo al despacho, que considera ya por este tiempo como un elefante blanco por la falta de negocios, se sienta pesadamente tomando en sus manos el libro de La Causa Celebre a la que en secrecía ya le llama Causa Imposible, lo ojea, y es interrumpido por que llaman a su puerta.

Ya no tiene siquiera secretario que lo auxilie así que el mismo tendrá que atender. Cuando abre la puerta ve a doña Cecilia Carrizora su cliente, en realidad no le da gusto su presencia porque poco o nada tiene que decirle. Con amabilidad la introduce y le ofrece asiento, espera a que ella inicie y después de las cortesías, la mujer le dice:

_Don Juan, en Coyoacán andan diciendo que el supremo gobierno ya le anda birlando sus tierras a los indios y también aseguran que ya le están quitando las tierras a los curas, Dicn que las tierras de Tecuantitlán, las que nos pertenecen ya se las quitaron a los Padres Carmelitas, y por demás dicen que ya están desalojando el convento del Santo Desierto. Me aseguran que pronto el cabildo de Coyoacán las pondrá a remate.- Asegura ella con evidente angustia.

_Señora, por lo que sé hay algo de cierto en ese rumor, pero qué bueno que usted me lo confirma. Eso es lo que esperábamos, estamos en tiempo de interponer la tercería excluyente de dominio y también para oponernos a la almoneda. Doña Cecilia le tengo estupendas noticias, estimo que usted recordara a mi socio el licenciado Ponciano Arriaga.

_Por supuesto. ¿Qué hay, de su vida?- Le dice la señora:
_A eso voy, durante este convulsivo tiempo ha sido diputado liberal por lo que se es muy cercano al presidente Juárez. La buena noticia para nosotros es que de seguro será el próximo gobernador de la capital.- Le dice sonriendo don Juan para darle esperanza a la mujer.

_ ¿Eso, qué significa? -Pregunta ella.

_Una buena posibilidad para que se le haga justicia. El gobernador tendrá injerencia en las desamortizaciones que se realicen en la capital y posiblemente le otorgue la posesión de sus tierras, claro que eso será a su debido tiempo. En tanto iré al cabildo de Coyoacán a cerciorarme de que sea cierto de que ya afectaron las tierras del Santo Desierto, y de ser así, prepararé lo que proceda a su nombre. -Explica don Juan.

_Licenciado, yo a usted lo veo muy confiado y pone mucha fe en su amigo. Perdóneme la sinceridad, pero yo ya no confió

en el gobierno, sea de quien sea siempre nos acaba fregando, yo creo que si venden nuestra tierra nunca veremos ni un céntimo.
El gobierno nunca tiene dinero, o eso nos dicen y siempre está buscando de donde sacarlo. Lo que tienen que hacer primero es dejar de robar los políticos, y luego si no les alcanza que pidan.- Le dice preocupada doña Cecilia.

_Téngame confianza, yo le garantizo que con el triunfo de los liberales la situación cambiará. Le puedo asegurar que el licenciado Ponciano Arriaga, que usted conoció en esta misma oficina es probo y confiable. Él se apasionó con la historia del indio que fue a España, y quiere que se le haga justicia, así que si logra ser gobernador no dudará en ordenar que se analice su caso.

Le dice don Juan con una sonrisa, para darle confianza a la viuda, más por humanidad, que porque crea sinceramente en lo que dijo.

Perdóneme su merced. Sé que don Ponciano es de fiar, pero yo en él no desconfío pero si en los demás.
El supremo gobierno siempre nos ha birlado y los oficiales encargados de resolver verán que nos sacan, así ha sido y será, ya verá usted que esto será un nuevo calvario. De seguro el gobierno está quebrado con la guerra y hay que pensar en que buscará de donde sacar dinero, así que creo que como siempre no lograremos nada, aun con la buena voluntad de su amigo.- Dice ella en tono grave.

_Le pido que nos tenga confianza y le suplico que tenga paciencia, como sea los liberales ganaron y pronto habrá calma, y ya verá que lograremos que se haga justicia.-Dice con aplomo don Juan.

_Don Juan, perdóneme la franqueza, no creo que todo vaya a quedar ahí. Los conservadores no se quedarán conformes con su derrota, y por demás los indios están descontentos, ellos no están de parte de Juárez, como fuera les birlará sus tierras. Así en estas condiciones pronto habrá nuevos conflictos, el gobierno tiene de enemigos a los conservadores, a los curas, y por demás también fregó al indio. Dígame usted ¿Quién, apoya a este gobierno? Lo que yo veo es un futuro negro y soy realista, vendrán nuevos conflictos y su amigo no podrá hacer nada. Pero espero en verdad equivocarme, yo tendré paciencia de todas maneras no me queda de otra.

_Señora que le puedo decir, es tan solo que esperemos que al fin haya paz para que este país progrese. Yo haré los escritos y la mantendré al tanto, le escribiré dándole los pormenores.-Promete don Juan a manera de despedida.

Cuando queda a solas don Juan se recuesta en el sillón. No puede dejar de sentir pena por la viuda a pesar de que no se le pide dinero.

La verdad es que es cierto lo que ella dijo, porque el país nació como independient, gracias a que Iturbide traiciono a la Corona Española, y se hicieron del poder los antiguos militares realistas, Iturbide que logró erigirse en emperador logró el Segundo Imperio Mexicano, vio frustrada su aspiración ya que tan solo un año después lo tumbaron del trono imperial, el destino le cobro su traición, sus propios generales que lo apoyaron en la traición, se convirtieron en republicanos por el momento uniéndose a los verdaderos y escasos independentistas de añeja cepa.

Nació la república, y se eligió como primer presidente a Don Guadalupe Victoria, quien logro como sea concluir su periodo para el cual fue electo, pero no se logró una transmisión de la presidencia pacifica e institucional y nació el México compulsivo, se dio el primer golpe de estado que impidió la transición pacífica, siendo que el cargo de presidente recayó en el último independentista de renombre Don Vicente Guerrero, quien siquiera sabía leer, o escribir, y la verdad estaba incapacitado para gobernar.

Bustamante no aceptó el golpe de estado porque era su oportunidad para hacerse del poder, y con muchos de los ex realistas que se le unieron lograron reinstaurar la legalidad, logrando la renuncia de Guerrero, y sin embargo las cosas no quedarían ahí, se fraguo la traición y el independentista don Vicente Guerrero fue arteramente fusilado a los pocos años de proclamada la Independencia. Las grandes figuras de la lucha escasearon, quedó don Nicolás Bravo con el prestigio de auténtico luchador de la gesta heroica y algunos sin la relevancia de ese caudillo.

Don Juan N. Carabeo piensa en que en realidad los personajes de la política de ese entonces que detentaron el poder del naciente país, fueron los criollos ex realistas.

Se percató de que el embajador gringo de ese entonces fue pieza clave en la división de los políticos, y nació primero la logia masónica del rito escoses a imitación de las logias europeas, la que agrupo a muchos políticos de ese entonces con una idea de centralismo para la nación. El gringo Poinset impulsó el divisionismo y apoyó la creación de una segunda logia masónica bajo el rito yorkino inspirado en la organización de la república de Norteamérica, la idea de una república federal fue adoptada por los políticos, los que se unieron a la logia de york, así esa mayoría de políticos criollos que tenían aspiraciones muy lejanas a la de la mayoría indígena y los políticos quedaron divididos en dos partidos republicanos, centralistas y federalistas.

Don Juan retrospectivamente piensa, en que ese divisionismo aunado a los intereses de grupo y los particulares, fue la causa por lo que los políticos fueron incapaces de gobernar, trajo como consecuencia el encumbramiento de hombres veniales, así surgió la figura del dos veces Benemérito de la Patria don Antonio López De Santa Ana, indudablemente el país estaba sumido en el caos, la república quedo mutilada, pero al fin se logró prescindir del dos veces Benemérito de la Patria.

Recuerda don Juan que por ese entonces en él renació la esperanza de que México lograrà al fin tomar su rumbo -fui muy optimista, - se dijo. Habían pasado los años, y el país continuaba dando tumbos, para él tenían la culpa todos los políticos, a los que considera necios y obtusos. Piensa en lo que está sucediendo, pronto Benito Juárez se reelegirá, y su socio y amigo Ponciano Arriaga será gobernador de la capital del país.

Para don Juan N. Carabeo el gobierno liberal le costaba caro a la nación porque Juárez para triunfar en la llamada Guerra de Reforma se había tenido que apoyar en los gringos por la falta de recursos económicos y no pudiendo por causa de la conflagración, ni expropiar y menos rematar los bienes indígenas, ni eclesiásticos, Juárez se abocó al reconocimiento de su gobierno por parte de Estados Unidos, para que con eso le prestarán para ganar la guerra civil, en que habían metido los liberales al país.

Por supuesto los gringos auxiliaron gustosos a los liberales, porque el gobierno estadounidense puso como condición un nuevo tratado de límites, que indudablemente era lesivo para la soberanía nacional, aunque con algunas modificaciones se firmó el ominoso tratado Mc Lane - Ocampo, en el que se disfrazó el reconocimiento del robo artero de medio territorio nacional, y se le dieron más pingues concesiones a los gringos. Ese documento según recuerda don Juan, fue firmado en Diciembre de 1859 casi al triunfo de los liberales, lo que hizo sospechar de las auténticas intenciones de Benito Juárez frente a la nación, y entonces pensó, - No hay político auténtico, ni decente en esta nación.- Decide levantarse de su cómodo sillón para esperar más sorpresas, por supuesto desagradables por parte de los políticos

Capítulo 22

Tanto, para nada

Don Juan N. Carabeo retomó el optimismo respecto al asunto de La Causa Celebre, por que como fuera don Ponciano Arriaga en efecto será gobernador de la capital. Prudentemente don Juan deja pasar el tiempo para que su amigo se encarrile en su nueva responsabilidad, y cuando estima que ya es tiempo decide visitarlo en su oficina del centro de la ciudad de México.

Llega don Juan a la oficina del gobernador, donde porque no lo conocen le preguntan que quien busca al gobernador, de inmediato responde:

_Soy Juan N. Carabeo, amigo personal del gobernador.
Lo mira el secretario para observarlo bien, y no olvide ese moreno y anguloso rostro. Entonces amablemente le dice:

_De inmediato lo anuncio.- Se levanta el secretario, y entra a la oficina del gobernador. El sujeto no tarda en salir, y abriendo la puerta le dice:

_Pase usted.- Amablemente le indica abriendo la puerta del gobernador.

Don Juan se pone de pie y entra, entonces mira a su amigo, el que está sentado en mangas de camisa y su escritorio está repleto de expedientes. Ponciano lo mira levantando cejas y ojos, y sin dejar de atender lo que está haciendo, don Ponciano le dice:

_Siéntate, ahora estoy contigo.- Ponciano toma su tiempo, y al fin dice:

_Que milagro, hace ya mucho tiempo que no nos vemos ¿Que ha sido de tu vida?

_Ponciano, me gustaría verte otro día para charlar de los viejos tiempos, pero sé que eres un hombre muy ocupado y no quiero abusar de tu tiempo...
Lo interrumpe Ponciano pidiéndole que vaya al grano.

Entonces le relata los motivos de la visita de doña Cecilia Carrizora, y para concluir le pregunta:
_ ¿Qué sabes del Santo Desierto? Asegura doña Cecilia que el gobierno ya intervino la propiedad, me pidió que te pusiera al tanto.

_Lo sé, ya estoy enterado y te pondré al tanto del asunto. El procedimiento de afectación se inicia en las municipalidades y en este caso en específico le corresponde al cabildo de San Ángel, ahí se inició el procedimiento y apenas se les notificó a los religiosos Carmelitas. El proceso es largo como

comprenderás, hay un lapso para la desocupación y entrega de los bienes afectados.
Después se tiene que inventariar la superficie y se debe realizar el levantamiento topográfico para después salir a pública subasta, así que esto va para largo, no desesperes.- Le dice Don Ponciano, restándole importancia al asunto.

_ ¿Pero, quién puede desesperarse? Que va, todo es expedito en este país.- Dice con sorna don Juan.

_Amigo, sé muy bien los siglos que lleva sin hacerse justicia, he ordenado que se le dé prioridad, es lo más que puedo hacer.
Lo malo es que para que metas cualquier recurso local tendrás que esperar a la convocatoria del remate, eso no depende de mí. Dile a doña Cecilia que estaré al pendiente de todo, yo te avisare en su momento.

Don Juan sabe que es cierto lo que le dijo su amigo, no podía hacer nada más que tener paciencia.- En un país como este en verdad es lo único que se puede tener, - Pensó, y se conformó.

No pasó mucho tiempo en que Don Juan N. Carabeo recibiera la pésima y sentida noticia de que en 1863 falleció don Ponciano Arriaga siendo gobernador de la capital de la república. La noticia le causó gran pesar y tardó días en asimilarla. Cuando al fin pudo le escribió a doña Cecilia Carrizora las siguientes líneas:

Apreciada Doña Cecilia:

Me dirijo a usted para darle la noticia que me acongoja y que me entristece, le informo que mi amigo y socio don Ponciano Arriaga falleció siendo aún gobernador de esta capital de la república. Le quiero manifestar que ordenó en vida que su asunto se llevara diligentemente.

Días antes de su repentino deceso me comunicó que ya están a punto de concluir los trabajos de topografía, por lo que pronto saldrá la convocatoria para el remate.

No se alarme, que por consejo del finado don Ponciano me apersoné como apoderado de usted ante la municipalidad de San Ángel e interpuse un escrito como tercerista excluyente, explicando y fundando conforme a derecho nuestra pretensión sobre la propiedad de Tecuantitlán mejor conocida como el Santo Desierto, al que ya le dicen Desierto de los Leones
Legalmente estamos cubiertos, porque hablé con los miembros del cabildo y prometieron estudiar el caso.

Por desgracia estamos ya casi a fin de año por lo que de seguro tendremos noticias hasta el próximo enero.
Tenga usted la certeza de que la mantendré diligentemente informada.

Me pongo a sus apreciables ordenes, deseándole para la natividad del señor que haya paz en su hogar.
Su seguro servidor.
Juan Nepomuceno Carabeo.
A 29 de Noviembre de 1863.

Don Juan había sido muy optimista y no contaba con los políticos, los cuales continuaban con sus diferencias. No lograban conciliar intereses por el bien de la nación, la que ya había cumplido desde la promulgación de la independencia cuarenta y dos años, lapso durante el cual por su causa se había perdido medio territorio nacional, y con el liberalismo Juarista todo indicaba que quedaría socavada la soberanía nacional, porque el presidente norteamericano Buchanan presionaba para que el congreso mexicano ratificará el oprobioso tratado que firmó Juárez, por conducto de Melchor Ocampo con el gringo Mc Lane.

Por esas fechas en que envió la carta don Juan a doña Cecilia se corría el rumor de que en octubre los conservadores le habían ofrecido al archiduque Maximiliano de Habsburgo el trono imperial de México. Muchos criollos y algunos mestizos no lo vieron tan mal y al indio le daba igual quien se sentara en la silla y por demás sentían que Juárez los fregó con sus tierras. Por doquier se repetía:
Pobre pueblo mexicano, que obedecer no sabe y mandar no puede.

Don Juan sabiendo cómo se las doraban los políticos, espetó una soez maldición.

Supo de inmediato que si el rumor era verídico habría una guerra y eso era lo que le preocupaba, porque de inmediato supuso que las potencias europeas apoyarían al imperio y los gringos a Juárez y en verdad para don Juan era la misma chingadera, como él pensaba, para él todos los políticos eran mentirosos y ruines, y como decía, eran la misma mierda.

Pensó en Benito Juárez García, del que decía que de indio tenía únicamente la apariencia, ya que en verdad provenía como él mismo del mestizaje. Don Juan de rostro anguloso no negaba su sangre indígena y tampoco Juárez la podía ocultar.

La diferencia radicaba en que Juárez provenía de la nobleza zapoteca, y por demás había sido protegido por importantes personajes, como su tío el afamado abogado liberal, licenciado García y el señor Maza. En verdad decía don Juan, que Benito Juárez, era el más español de los indios o el más indio de los gachupines, y no se equivocaba, ya había demostrado su consideración a los indios al querer afectarles sus mejores tierras, cosa que le molestaba a don Juan N. Carabeo porque sabía que tarde o temprano eso sería la causa de que en el país no hubiera paz. Ya pensaba que eso traería como consecuencia una nueva revolución.

Pensó en el extranjero Maximiliano, sin embargo recordó que su linaje provenía de Carlos V rey que fue de los hoy llamados mexicanos, así los conservadores de acuerdo a la doctrina de los derechos de las sucesiones de los monarcas europeos, Maximiliano era un Austria Habsburgo y entonces dirían que no era un extraño.
En ese momento se convenció que tanto a conservadores y liberales les valía madres el pueblo, porque los indios nunca habían contado para criollos y mestizos, supo entonces que las esperanzas de obtener justicia para doña Cecilia, tendría que esperar porque una nueva guerra civil era previsible e inevitable.

El día 28 de Mayo de 1864 arribó al puerto de Veracruz Maximiliano I de México, nombre que adoptó el emperador al jurar bandera por su nueva nacionalidad, lo que hizo a bordo del navío austriaco Novara, que lo trajo al imperio que pretendía gobernar.

Tal como lo supuso don Juan, la guerra entre imperialistas y republicanos como se identificaron, inició.

Don Juan Nepomuceno Carabeo no pudo ver el final de la conflagración, ya que falleció antes del 19 de junio de 1867, fecha en que fue fusilado el emperador austriaco, restaurándose la república Juarista pero de lo que fue testigo el abogado fue de la llegada de Maximiliano al trono del que llamaron el Segundo Imperio Mexicano que en realidad sería el tercero, obviamente incluyendo el llamado Imperio Azteca.

Don juan sin simpatizar con los imperialistas comandados por el hijo del ilustrísimo cura Morelos, don juan Nepomuceno Almonte que fue lugarteniente del Imperio de Maximiliano de Austria por unos cuantos días, del mes de mayo de 1964, para esperar la llegada del ex Archiduque de Austria.

Don Juan N. Carabeo, en verdad sin traicionar la amistad de don Ponciano Arriaga vio que el emperador se tornó en patriota, aunque era sabido que se cuestionaba su legitimidad por los liberales y el pueblo en realidad era ajeno, sin embargo Carabeo que era culto veía que el extranjero aplicaba las Leyes de Reforma y reorganizó la impartición de justicia y por demás fue en verdad protector de los indios, inclusive dictará la primera Ley de Aguas y Tierra y después dictó la ley de Tierras en las que se protegía al indígena de la llamada Ley lerdo, reconociendo el emperador extranjero, las tierras de los indios que provenían de un derecho ancestral, evitando la injusta Ley de Desamortización de Tierras ociosas que consideraron la tierra comunal como si de una corporación se tratara.

Don Juan N, Carabeo por esas razones simpatizaba con el rubio emperador, el cual fue protector de los indios y por el contrario el disque indio Benito Juárez confiscó las tierras de los indígenas para que fueran acaparadas en unas cuantas manos, y así el llamado Benemérito de las Américas, nombrado así por los colombianos, como se decía por ese entonces, chingó al indio y con ese liberalismo inspirado en los norteamericanos, sembró la semilla de la próxima Revolución Mexicana, aunque oficialmente se haya ocultado por los disque gobiernos emanados de esa revolución..

Con la muerte primero de Ponciano Arriaga y la posterior de don Juan N, Carabeo, doña Cecilia dejó por la paz el memorable asunto, convencida que en este país del demonio nunca hará justicia.

En cuanto a sus tierras no se equivocó, la guerra por la república impidió la resolución de su tercería, pero cuando se instauró la república, Benito Juárez tenía que pagarles los empréstitos a los gringos y echó mano de todo lo que pudo.

Se remataron las tierras que fueron de la iglesia, y por supuesto muchas que pertenecían a las comunidades indígenas. La reforma que fue concebida para adelantar al país únicamente sirvió para pagar capital, e intereses a los gringos. Por supuesto Benito Juárez compró su hacienda en un remate y esa fue la Hacienda de Coapa, situada al sur de la ciudad de México.

Las tierras de Tecuantitlán, palabra nahuatlaca que significa lugar de fieras y que fue considerado desierto por la ausencia en la región de asentamientos humanos, y que los religiosos Carmelitas de San Ángel denominaron como el Santo Desierto con el tiempo quedo como tal, tan solo quedo como testimonio de su presencia el convento que está en el bosque del hoy llamado Desierto de los Leones, olvidando que en todo caso es desierto de Tecuantitlán convertido primero en ejido por decreto presidencial, y hoy es parque nacional. Pero quedó constancia que a nadie se le pagaron las tierras que dieron origen a La Causa Celebre, de las que escribieron el memorial del mismo nombre don Juan Nepomuceno Carabeo y don Ponciano Arriaga, del que algunas copias todavía circulan en México.

Cuarta Parte

Capítulo 23

Una larga historia

Coyoacán en verdad fue tierra de coyotes, ya que así se le denomina actualmente a traficantes de lo ilícito en contubernio con las autoridades. La historia que hemos relatado que fue verídica, que inicia con el señorío tepaneca de Azcapotzalco y la liberación de los mexicas del yugo ancestral, y que en lo que Cortés llamó la Nueva España. El reconocimiento de las tierras a Ixtolinque nació de una traición a los mexicas, y parece que el destino de esas tierras fueron marcadas por la traición, y poco después de la muerte de Ixtolinque las tierras serán birladas por peninsulares que en manada se fueron sobre de ellas como coyotes hambrientos.

Los juicios de los Ixtolinque ya se vieron en esta novela,

Muchos pueblos resultaron despojados de sus tierras como ya dijimos, pero parafraseando a don Ponciano Arriaga, la causa celebre no pararía ahí.

Como fuera la historia de esta celebre causa da una idea de lo que ha acontecido a través de los años, donde la injusticia que aún persiste y se ha enseñoreado de esta nación, donde la constante es la ilegalidad y además la corrupción al parecer heredada del español dejan esta patria sin legalidad, por lo que al parecer estamos condenados al fracaso como nación.

Ya vemos que ha acontecido en esta patria mutilada y golpeada por veniales políticos, en la continuación de esta causa celebre, que inició con un reconocimiento virreinal, pero que pronto por una ilícita resolución de un virrey dejó sin lo que de hecho es del indio, usufructuándola los invasores desde la Conquista.

Después del despojo virreinal a los indios del Marquesado del valle, existen constancias obviamente del Archivo General de la Nación donde consta que despojaron a los indios de Totolapan, la Magdalena y Cuajimalpa y a otros pueblos y como dijimos se despacharon con la cuchara grande.

Esos litigios tardaron años en resolverse, porque la justicia colonial marchaba lenta, pero según constancias de esos juicios en el año de 1712 por una resolución el corregidor Fernández de Cacho puso en posesión de algunas tierras a los indios de San Nicolás y de la Magdalena, que ya tenían para ese entonces sus propias autoridades independientes, pero que seguían la causa común en pelea de sus tierras. Sin embargo como era de suponerse, y para variar resultó revocado y pusieron en posesión definitiva a los propietarios particulares con motivo de la resolución de revista que nuevamente dejó sin tierra a los indios.

Despojados los indios de sus tierras durante la Colonia, al fin se consumó la independencia, la que tampoco hizo justicia a los naturales de esta tierra, y ya vimos lo que aconteció al nacimiento del México Independiente, donde poco las cosas habían cambiado y la justicia lloraba por su ausencia, y lo peor no hubo para los indios un Ponciano Arriaga que siquiera tuviera la intención de ayudarlos, ni quien escribiera al presidente un libro de su célebre causa, pero como dijo don Juan N. Carabeo, los políticos jodieron al indio y más con la promulgación de las Leyes de Reforma que dieron origen a uno más de los conflictos beligerantes de México, la llamada guerra de los tres años o Guerra de Reforma. Como fuera triunfaron los liberales, pero no sería por mucho tiempo, porque los conservadores liderados por el hijo de don José María Morelos y Pavón, por supuesto hijo natural, porque el prócer de la patria y verdadero padre de esta golpeada nación sin duda lo fue Morelos, y era cura de la Santa Madre Iglesia, pero hombre al fin y tuvo ese hijo llamado Juan Nepomuceno Almonte, que junto a los conservadores voltearon la vista a Europa y se fijaron en alguien, en realidad no tan lejano a nuestro México lindo y querido, el archiduque de Austria, un Habsburgo, y como tal era descendiente del hermano del emperador y rey de España Carlos I de ese nombre y V sacro emperador. Como fuera no era tan ajeno a este México ya que también fue descendiente de la llamada Reina Católica y por lo mismo de acuerdo a la teoría Europea de Derecho para ser monarca, Maximiliano reunía los requisitos, obvio para ser emperador de México, aunque pesaba por otro lado el intervencionismo.

Nadie entiende por qué siendo archiduque de Austria, Maximiliano aceptó el trono Imperial de Moctezuma y máxime que como era su obligación, de inmediato adquirió la nacionalidad de este país que se proponía gobernar, y dejó el archiducado que ocupó otro Austria Habsburgo y que años después el archiduque resultaría asesinado en Sarajevo siendo la causa de la primera guerra mundial.

Maximiliano llego a México el 28 de mayo de 1864, siendo lugarteniente del imperio por ocho días Juan Nepomuceno Almonte.

Es cierto que Maximiliano fue impuesto por los conservadores, pero en realidad fue un verdadero liberal y quizás más que Juárez, fue tan mexicano que demostró su respeto al indio, y dentro de sus buenas obras reconoció a las propiedades de las comunidades indígenas, y de hecho promulgó mediante dos decretos la contrarreforma que Juárez había apoyado o creado, que le quitaría las tierras a las comunidades mediante la inclusión en la constitución de las Leyes de Reforma.

Los decretos aludidos que dictó Maximiliano fueron, uno relativo atierras y aguas, y otro dirigido a las comunidades indígenas, donde les reconoció su inalienable derecho a sus tierras comunes.

Con motivo de esos decretos los indios naturales de lo que fue el Señorío de Coyoacán acudieron a los juzgados de letras.

Hay constancias legales, de que siendo emperador de México Maximiliano, acudieron muchos pueblos indígenas a los Juzgados de Letras de lo Civil en el país a presentar sus memoriales, consistentes en los códices Techialoyan, de sus respectivas comunidades para el respeto a sus tierras por el gobierno Imperial, en contra de lo dispuesto por el supremo gobierno en el exilio de Benito Juárez.

Quizás los indios albergaron alguna esperanza de que sus tierras fueran devueltas, pero la guerra por la reinstauración de la Republica continuaba, y como es sabido Maximiliano fue apresado y fusilado por el supremo gobierno vencedor al reinstaurarse el orden roto por el efímero Imperio.

No está de más recordar que muchas propiedades de los religiosos resultaron confiscadas, pero también de los indios, propiciándose por el gobierno juarista el acaparamiento de tierras con el pretexto de desarrollar al país en ese afán liberal, por cierto mala copia del liberalismo norteamericano.

Como es obvio las propiedades de las grandes haciendas y Ranchos, sin importar como habían sido adquiridas en su origen, fueron respetados y así inclusive extranjeros que se asentaron en el país, se quedaron por compra de tierras en pública almoneda.

Resulta ocioso decir que los indios a pesar de sus memoriales, nada pudieron hacer en contra de la protección que el supremo gobierno liberal dio a los terratenientes.

Muchas cosas pasaron durante el liberalismo Juarista como ya hemos dicho, y se logró reinstaurar el supremo gobierno liberal de Juárez, pero como sucede a menudo el poder sojuzga y Benito Juárez no fue la excepción, ya que Juárez se religió consecutivamente, claro que el sufragio no era directo, sino por medio de las diputaciones, y resultó que el héroe de la batalla del 5 de mayo en Puebla, el general Porfirio Díaz y su hermano, se rebelaron al supremo gobierno con motivo precisamente de las consecutivas reelecciones de don Benito Juárez, la lucha de Porfirio Díaz no llego a más gracias a que el reelecto presidente Juárez, falleció el 18 de Julio de 1872.

A la muerte de Juárez lo sucedió, primero en interinato, y después como presidente constitucional don Sebastián Lerdo de Tejada hasta el 20 de noviembre de 1876, en que se religió fraudulentamente y su presidencia terminó con un golpe de estado, estando al frente Porfirio Díaz. El México compulsivo renacía y la presidencia la ejerció don José María Iglesias hasta el 5 de marzo de 1877, otros lo sucedieron.

En realidad el llamado. Porfirato inició el primero de Diciembre de 1884, siendo don Porfirio Díaz presidente nueve veces, hasta que lo tumbó del poder la Revolución, que formalmente inició en 1911 y concluiría años después, aunque muchas cosas acontecieron, que impidieron que los indios de este golpeado país pudieran recuperar sus tierras.

Debió aparecer Emiliano Zapata, que le dio un nuevo aspecto a la Revolución al introducir la aspiración del indígena de poseer tierras, y el gobierno emanado de esa Revolución, siendo el jefe de ella el ex gobernador de Coahuila en tiempos de don Porfirio, don Venustiano Carranza, que por las circunstancias se vio obligado a emitir la ley del de tierras de 1915, para dotar de tierras supuestamente a los naturales de este país.

Zapata no vio con esa ley, cumplidas sus expectativas, y al igual que Lozada en Nayarit se vio beligerante, hasta que como aquel fue ultimado a traición en la hacienda de Chinameca en el actual estado de Morelos.

Como fuera, su vida, obra y muerte, no fueron del todo inocuas porque se promulgó la constitución Mexicana el 5 de febrero de 1917, donde se plasmó la ley de tierras de 1915 como norma constitucional, aunque con algunos cambios, pero de todas maneras el reconocimiento de las tierras comunales quedó prácticamente como facultad del supremo gobierno emanado de la Revolución.

Como aconteció, no se emitieron las leyes reglamentarias de la constitución relativas al nuevo artículo 27 constitucional, por lo que los reconocimientos de las tierras de los naturales de esta nación se basaron en meras circulares, convenientemente dictadas por los hombres incrustados en el poder.

No será hasta 1920, en que se emitió una ley relativa a las solicitudes de ejidos, pero acerca de las tierras comunales se siguió aplicando criterios y circulares por años, hasta la promulgación de la Ley Agraria.

Asesinado Zapata quedó la esperanza de que alguien lo sustituyera, en realidad hubo resignación, pues consideraron que muerto el caudillo del sur la posibilidad de que el supremo gobierno actuara con legalidad se esfumó.

Poco tiempo después se supo por los periódicos que los ejércitos zapatistas se sometían a la legalidad y formaron parte del gobierno, por lo que sin muchas esperanzas se decidió por los indios, con resignación, acudir al supremo gobierno a pedir el reconocimiento de sus tierras.

En realidad quedaron claras dos cosas, la primera que el supremo gobierno no cambiaría su posición, ya que el gobierno se quedó la potestad de decir a quien le pertenecen las tierras, y la segunda, que hay otros intereses ajenos que en muchos casos impidieron que se devolvieran las tierras al pueblo.

Los acontecimientos convulsos continuaron con el asesinato de Venustiano Carranza, acontecido el día 21 de mayo de 1920, un poco antes de las elecciones presidenciales que se llevarían ese mismo año.

Después del suceso se llevaron las elecciones para presidente de la República, resultando electo el general Álvaro Obregón, que se sabía que fue el responsable de la muerte de Carranza, tomando posesión el día 1 de Diciembre de 1920.

La realidad es que el supremo gobierno emanado de la Revolución ya tenía planes para la repartición de las tierras, pero como tierras ejidales, escatimando a las comunidades indígenas sus reconocimientos, eso se comprobó con la ley de 1920 pero para los ejidos, dejó un vacío legal para los bienes ancestrales de las comunidades, las que se resolverían sus expedientes conforme a convenientes circulares para el supremo gobierno.

Álvaro Obregón gobernó su periodo constitucional de cuatro años, pero en su ánimo no estaría dejar el poder, por lo que él inició como visionario el populismo, esto es buscar clientelismo político para sus aspiraciones reeleccionistas, así que echó mano de los campesinos sin tierra y privilegió el ejido sobre las tierras comunales, ya que evidentemente eran muchos los que pedían tierra como ejidos y pocos los que tenían derechos a los bienes comunales.

Como fuera el autoritarismo de los gobiernos emanados de la Revolución actuó como siempre, como supremo gobierno y archivaron muchos asuntos como concluidos, obviamente a espaldas de los indios inconformes, a los que les dieron largas sin resolver lo conducente respecto a las tierras comunales.

Nuevamente muchos sucesos acontecieron en este México nuestro de cada día políticamente hablando, ya que como fuera el general Plutarco Elías Calles tomó posesión de la presidencia de la república el primero de diciembre de 1924 por los próximos cuatro años, en que el general Álvaro Obregón no cejó en su empeño de reelegirse, y convenientemente ya reelecto resultó asesinado en el restaurante la Bombilla ubicado en San Ángel, donde actualmente se encuentra el monumento a ese caudillo revolucionario, del que se dijo que una religiosa y un fanático católico lo habían asesinado, y así quedo oficialmente superado ese evidente crimen de estado, dando paso a la era del llamado maximato revolucionario, donde Plutarco Elías Calles quedó como el jefe indiscutible de la tan mentada revolución.

El 23 de abril de 1927 se promulgó la Ley de Dotaciones Agrarias y restituciones de Tierras, y en el gobierno de Lázaro Cárdenas se promulgó el primer Código Agrario en 1934, derogado con el Código Agrario, y el 31 de diciembre de 1942, se promulgó la Ley de Reforma Agraria que estuvo en vigor hasta el gobierno de Carlos Salinas de Gortari que la derogó, promulgándose en el año de 1992 la Ley Agraria en vigor.

Fueron muchos los ordenamientos agrarios, pero las causas comunales no han sido resueltas con justicia y de hecho desde el presidente Salinas de Gortari se declaró concluido el reparto agrario.

Capítulo 24

La república Simulada o la desmadrocracia institucionalizada.

Los gobiernos emanados del Partido revolucionario Institucional se sucedieron uno tras otro, en lo que los argentinos llamaron la dictablanda, cada sexenio hubo elecciones simuladas hasta el evidente fraude electoral en que se impuso al presidente Carlos Salinas de Gortari que declaró el reparto agrario concluido oficialmente y se derogó la Ley de Reforma Agraria, y por esas casualidades resultó que de acuerdo al texto del artículo noveno, de la vigente Ley Agraria que se reconoce como propiedad de los ejidatarios y comuneros las tierras que hubieren adquirido por cualquier título les pertenecen, así que se considera que existe la posibilidad de restituir las tierras comunales para aquellos pueblos que tengan en su poder los llamados códices techialoyan.

Una de las pocas cosas buenas que pasaron fue la derogación de la Ley de Reforma Agraria por Carlos Salinas de Gortari en el año de 1992, porque reconoció en el artículo noveno la propiedad de ejidos y por supuesto de las comunidades también, las tierras que por cualquiera títulos hubieren adquirido, y obviamente el título primordial es un título de propiedad, la Ley agraria vigente permite la restitución de las tierras que fueron y son de las comunidades, mediante instancias judiciales en los tribunales agrarios..

Aunque en esta novela nos referimos a una causa celebre, creemos que no fue la única ya que las tierras originaria de muchos pueblos en toda la Nueva España y en especial las que fueron del marquesado del Valle propiedad de Hernán Cortés fueron objeto de despojo, no solamente los Carmelitas vendieron gran cantidad de tierra mal habida y fraudulenta, sin embargo recordamos que para 1647, a cien años de la muerte de Cortés, el virreinato dictó la más ilícita y absurda resolución respecto a las tierras que el Rey Carlos V reconoció a los caciques que colaboraron en la caída de Tenochtitlán, y estos caciques a su vez otorgaron parte de esa heredades a los pueblos que fueron sus aliados. Dicha resolución simplemente dispuso, que todas las tierras que fueron del Marquesado del Valle de Oaxaca pasarían al Real fisco, siendo la motivación según dijo dicha resolución que los indígenas que habían sido beneficiados, para ese entonces ya habían fallecido, despojando a todos los naturales de sus tierras, lo que fue un mero pretexto para apropiarse de ellas, y esta ilícita resolución dio pie a que las autoridades coloniales reconocieran que las tierras habían prescrito en favor de los españoles poseedores.

Como dato curioso hay constancia de la intervención del conde de Monteleone, que era quien detentó el marquesado que perteneció a Hernán Cortés, reconociendo que las tierras pertenecían a los naturales, sin embargo de nada sirvió y llegamos hasta las leyes de reforma que propiciaron el acaparamiento de tierras en unas cuantas manos, sería el motivo de un nuevo estallido social, en 1910, La Revolución Mexicana, la que gracias a Emiliano Zapata con su plan de Ayala, se dio la primera reforma a las leyes de tierras que podrían beneficiar a los naturales. Esa ley fue la del 6 de 1915 promulgada por Venustiano Carranza. La ley no llenó las expectativas del caudillo del sur, ya que la ley de alguna manera reservó como facultad del supremo gobierno el reconocer y otorgar tierras para los campesinos.

Como fuera el incómodo Emiliano zapata resultó asesinado y la ley de Carranza pasó a ser norma constitucional imperfecta, plasmada en el ordenamiento fundamental de 5 de febrero de 1917.

De hecho pasaron tres años para que se dictaran los reglamentos para dotación de ejidos de 1920, el cual fue omiso respecto a las tierras comunales a que tenían derecho los pueblos originarios, y subsistió la facultad para el supremo gobierno de reconocer y otorgar las tierras que fueron desde tiempos ancestrales de los naturales de este país.

En esas condiciones en verdad la norma fundamental del artículo 27 constitucional quedó de manera discrecional, como una facultad administrativa y regulada bajo convenientes circulares administrativas, lo que se prestó para control político y para beneficiar como siempre a unos cuantos terratenientes. En realidad los gobiernos emanados de esa fallida revolución propiciaron el ejido sobre los reconocimientos a las comunidades de sus tierras ancestrales.

Como se sabe, cayó primero el señorío Tepaneca de Azcapotzalco por los pueblos que se unieron contra el tirano Maxtla, desapareciendo su hegemonía y quedando sujeto a lo que será la Triple alianza, y Coyoacán cayó posteriormente, siendo el héroe mexica de la victoria Tlacaélel al que según la Crónica Mexicana de Alvarado Tezozómoc le correspondieron diez suertes de tierra de dicho señorío, los cuales al parecer no aceptó según dicha crónica, sin embargo la anexión al Gran Tlatoanato que hoy llaman imperio se dio, pero gracias a la costumbre de ese entonces, Coyoacán a pesar de estar comprendida dentro del gobierno de Tenochtitlán conservaron los tepanecas de Coyoacán un gobierno propio, lo que no aconteció con Azcapotzalco. Esa costumbre cuando llegaron los invasores españoles hará que el tlatoque Ixtolinque traicione a los naturales de la Triple Alianza, y se uniera al invasor.

Como vimos el rey español reconoció al indio tepaneca sus méritos en la conquista y caída de Tenochtitlán recibiendo como vimos las tierras de lo que fue Coyoacán al inicio de la llamada colonia.

La enorme extensión comprendía parte de lo que hoy son los municipios del Estado de la ciudad de México, en Tlalpan al sur, al norte hasta lo que fue la orilla del Lago de Texcoco, por lo que del actual Coyoacán no recibió todas las tierras ya que con los años se desecó el lago, y dentro de sus tierras comprendía totalmente la actual Magdalena Contreras, gran parte del actual Álvaro Obregón y por supuesto Cuajimalpa, esa situación duro inclusive hasta después de la muerte de Cortés, cuyo marquesado enorme formó el estado del valle de México, excluido el fundo legal de la ciudad de México por reconocimiento que dio el rey a un descendiente de Moctezuma, que se quedaría a vivir en España.

Con la independencia se formaron las municipalidades y posteriormente lo que fueron las delegaciones de gobierno.

De acuerdo a lo que escribimos, las tierras del santo desierto que eran mayores al hoy llamado Desierto de los Leones, ya que comprendían la mayor parte de las tierras de Cuajimalpa, nunca volvieron al mayorazgo a que tuvieron derechos los descendientes de Ixtolinque, y se refundaron varios pueblos en Cuajimalpa, quedando en terceros y realizando asentamientos humanos y posteriormente ventas inclusive en Acopilco, donde quedaron de hecho fraccionadas, así que jamás volvieron al patrimonio de los Ixtolinque.

En tanto la ilegal venta de Hidalgo Guzmán que realizó al capitán Sosa Perea por intervención y mediación de Diego Contreras, dará origen a ranchos, haciendas, molinos y batanes reconocidas por las autoridades coloniales, en perjuicio tanto de los herederos de Ixtolinque así como de aquellos naturales que resultaron beneficiados, subsistiendo muchas de ellas inclusive hasta después de la revolución, aunque reconocieron los nuevos gobiernos esas propiedades para convenientemente afectarlas para dotación de ejidos y tener control político de ellos.

Con los gobiernos emanados de la Revolución como vimos, se dota de ejidos a lo que fue la comunidad de San Nicolás Se dotó de ejidos a los poblados de san Andrés Totoltepec, la Magdalena Petlacalco, y al ejido colonia Padierna. La parte sur de Tlalpan en 1975 en tierras que fueron de Ixtolinque se reconocieron ejidos del Ajusco con más de 7000 hectáreas, y a la Magdalena al fin se le reconocieron 2300 hectáreas en los llamados Montes de san Nicolás, eso por lo que respecta a las tierras que como dijimos fueron de los Ixtolinque, y no se crea que dichas dotaciones han estado exentas de conflictos agrarios.

A los llamados Ranchos de Contreras y al de Ansaldo se les afectó tierra para dotar el ejido hoy desaparecido de San Jerónimo Aculco, y a los demás ranchos y haciendas también se les tomó superficie para dotaciones de ejidos.

Se reconocieron ejidos y también comunidades en Cuajimalpa, inclusive se les otorgaron las tierras del Desierto de los leones como ejidos y posteriormente se decretaron como parque nacional, que es un conflicto añejo y latente.

Memorable para esa tierra de coyotes, que eso significa Coyoacán que fue de Zopilote Tiznado, que eso significa Ixtolinque, parece que marcó su destino entre verdaderos carroñeros, ya que en la actualidad la tierra de Coyoacán sigue siendo sujeta de apropiaciones ilícitas, toleradas por largo tiempo por esos gobiernos emanados de la Revolución, cuando decimos esto es porque fraccionadores amorales han hecho a base de trampas crecer los ranchos antiguos, lo que dio origen a litigios, los que quizás sigan por un largo tiempo

Solo el tiempo dirá si a partir de la hoy llamada cuarta transformación nacional se puede hacer algo en contra de esos carroñeros que parecen enmarcar los que se llamó tierra de coyotes.

Fin

www.ingramcontent.com/pod-product-compliance
Lightning Source LLC
LaVergne TN
LVHW050534160826
845677LV00011B/2034

* 9 7 9 8 3 6 2 7 5 2 5 8 3 *